Femmes Soumises

Erika Sanders

Femmes Soumises

Erika Sanders

Série

Femmes Soumises

Synopsis

Il se compose des romans suivants :
    Soumise
    Fantastic Girl
    Le Jeu de Déshabillage
    Femme Latine Soumise

Femmes Soumises est un roman à fort contenu érotique BDSM et, à son tour, un nouveau roman appartenant à la collection **Domination et Soumission Érotiques**, une série de romans à fort contenu BDSM romantique et érotique.

(Tous les personnages ont 18 ans ou plus)

Remarque sur l'auteure

Erika Sanders est une écrivaine de renommée internationale, traduite dans plus de vingt langues, qui signe ses écrits les plus érotiques, loin de sa prose habituelle, de son nom de jeune fille.

Indice

FEMMES SOUMISES
ERIKA SANDERS

11

SOUMISE

13

Je te désire.

Tout de toi.

De la tête aux pieds et tout le reste.

Votre corps, votre esprit, votre âme.

Les imperfections que vous détestez que je n'aime pas.

J'aime chaque partie de toi, telle que tu es.

Surtout ce cul.

Je veux être avec toi.

Tout le temps.

Peu importe où vous êtes.

Mon esprit erre, déclenché par une pensée ou une image.

Une chanson.

Vos initiales sur une plaque d'immatriculation.

Un mot simple prononcé en passant qui a une signification particulière pour vous deux.

Un étranger qui porte des cheveux comme vous.

Habillé comme toi.

Je veux entendre ta voix.

Quand tu m'appelles avec tes noms d'animaux.

Dis-moi que tu m'aimes, je te manque.

Décrivez comment s'est déroulée votre journée.

Interrogez-moi sur le mien et donnez-moi votre avis.

Partagez ce que nous faisons ou planifions.

Même le banal.

Séduisez-moi tard dans la nuit alors que je suis allongé nu dans le lit dans le noir et que vous êtes à des kilomètres.

Soyez dur avec moi quand je suis gâté et faites la moue pour raccrocher le téléphone pour dormir ou me préparer pour le travail.

Je veux voir votre intérieur s'ouvrir par écrit.

Je savoure chaque nouveau message et photo.

Je passe en revue les conversations passées.

Je me souviens que lorsque nous ne sommes pas physiquement ensemble, vous pensez toujours à moi.

Cela peut être là avec une touche de vos doigts.

Vos paroles sont fortes même s'il n'y a pas de son; Ils me touchent en arrière-plan, comme si tu les avais dit directement à mon oreille.

Je veux discuter de mes romans avec vous.

Suggérez-moi des idées pendant que nous réfléchissons à l'intrigue et aux noms des personnages.

Éliminez les zones problématiques.

Prenez le vertige avec les commentaires et les opinions des fans.

Apaisez ma colère et ma confusion lorsque des lecteurs sans visage et sans cœur critiquent mes histoires sans raison.

Et je continue à écrire un autre jour avec vos encouragements.

Je veux être apprivoisé par toi.

Pour cuisiner et faire le ménage.

Faire les courses.

Allez danser, regardez un film et faites des voyages.

Blottissez-vous et faites une sieste sur le canapé un week-end pluvieux.

M'appeler impatient de faire l'amour sous des piles de couvertures au lit toute la journée.

Endormez-vous dans les bras l'un de l'autre la nuit, puis réveillez-vous l'un à côté de l'autre le matin.

Douche ensemble.

Faites du maquillage quand nous nous battons.

Je veux être embrassé par toi.

À plusieurs reprises.

À la fois tendrement et grossièrement.

Tu sais te moquer de moi.

Satisfais-moi.

Réveille-moi avec tes lèvres, tes dents et ta langue.

Pour me faire pleurer et gémir.

Supplier.

Mon corps tremble.

Je veux faire des choses perverses avec toi.

Assistez aux repas et aux événements.

Faites-vous des amis dans votre style de vie.

Participez à des jeux sexuels lors de fêtes.

Découvrez plus de souhaits secrets.

Libérez nos inhibitions.

Explorez nos côtés les plus sombres.

Se prendre mutuellement au sommet des sommets puis se réconforter lorsque nous descendons au plus bas des plus bas.

Je veux être dominé par toi.

Il a grogné parce que je suis à toi.

Tu fais battre mon pouls et ma respiration s'arrêter quand j'entends tes ordres.

Silencieuse ou brusque, les deux situations me font rougir.

Je veux vraiment que tu me cloues contre le mur avec ta bite entre mes jambes, pressée contre ma chatte.

Que tu m'ordonnes de te baiser ... de venir seulement quand tu le dis.

Je n'ai pas d'autre choix que de céder lorsque vous torturez mes oreilles, mon cou et mes seins avec votre bouche.

Ou quand je sens vos mains sur mon corps pendant que vous revendiquez le vôtre.

Ma poitrine se gonfle de fierté quand tu dis que je suis une "bonne fille" pour faire ce que tu veux.

Je veux être lié par toi.

Physiquement.

Mentalement.

Avec vos mains, menottes ou cordes.

Mes poignets tenus dans votre prise au-dessus de ma tête ou fixés à la tête du lit.

Jambes restreintes, ensemble ou écartées.

Mes mouvements et réflexes contrôlés.

Toute chance de vous toucher est éliminée.

Un bandeau sur mes yeux pour que je ne puisse pas voir ce que tu vas me faire.

Je veux être baisé par toi.

Nue et accablée sous ton corps alors que tu m'emportes.

Rester libre de toute contrainte sans le toucher de l'un ou l'autre de vous, en utilisant juste vos mots pour me faire me tortiller et gémir pendant que vous me foutez délicieusement l'esprit.

Ou les touches simples et légères que vous avez découvertes provoquent de multiples orgasmes, peu importe où vous caressez mon corps.

Je veux que tu m'utilises.

Être traîné d'un endroit à un autre à volonté.

Accablé quand je me bats.

Mon cul nu me pilonnait en me tenant.

Mes jouets utilisés sur moi ... par toi.

Ta main agrippant mes cheveux à la nuque.

En appuyant légèrement sur ma gorge pendant que vous me regardez dans les yeux.

Pour me rappeler qui est en charge.

Je veux obéir à vos règles.

Quand tu es hors de ma portée, ils me donnent quelque chose sur quoi me concentrer.

Ils sont définis avec mon meilleur intérêt à l'esprit.

Je sais que vous serez discipliné en conséquence si je les brise.

Que tu me fais confiance pour être honnête avec toi quand je t'ai désobéi.

Je veux que tu me réconfortes.

Blotti contre toi quand je suis débordé ou que je passe une mauvaise journée.

Mes cheveux se caressaient et s'embrassaient avec ma tête nichée sous votre menton contre votre poitrine.

Calmé par tes paroles et tes bras autour de moi.

Bercé jusqu'à ce que les larmes cessent.

Je veux prendre soin de toi.

Pour vous serrer dans vos bras lorsque vous êtes triste, fatigué ou malade.

Je serai ta force, quelqu'un sur qui s'appuyer, car même un Dom peut avoir des moments faibles.

En tant que votre sous, je suis là pour vous dans toutes les situations où vous avez besoin de moi.

Pour vous plaire ou soulager votre douleur.

Je veux toutes ces choses et plus encore.

Parce que je suis soumis de cette façon.

En tant que votre dominant ...

FANTASTIC GIRL

19

PREMIÈRE PARTIE
ROBERT ET MONICA

21

Il y a six ans

Nous sommes au printemps, les écoliers attendent impatiemment l'arrivée de l'été, des voyages, des amours; Les pensées de chacun ne sont pas dans les livres, mais sur ce qu'ils feront une fois les leçons terminées.

Dans une classe comme beaucoup d'autres, Monica et Robert sont assis à un bureau. Ils se connaissent depuis la première année. Ils sont amis.

ELLE: Monica; 15 ans; fille de 2 fermiers; cheveux noirs, yeux foncés.

Caractéristiques distinctives: beau; la nature lui a été très généreuse: un visage splendide, deux yeux de contes de fées, une peau lisse et sans défaut, un corps beau, tonique et bien formé, des seins pas encore développés, mais impressionnants par leur fermeté; À cela s'ajoute le fait que depuis qu'elle est enfant, elle a toujours eu l'habitude d'aller à l'école à pied ou à vélo, compte tenu de la mauvaise situation économique de ses parents, parcourant des kilomètres et des kilomètres chaque jour; de plus, il aidait fréquemment et volontairement ses parents à travailler dans les champs; quand il le pouvait, il aimait se détendre en nageant dans le petit lac près de chez lui. Le résultat est une belle fille, qui vous coupe le souffle juste pour la voir de loin.

Elle n'est pas très bonne à l'école, elle n'aime pas beaucoup étudier. D'un autre côté, il excelle dans tous les sports - même les garçons ne peuvent lui résister.

Elle espère obtenir son diplôme, trouver un travail honnête pour l'aider, trouver le garçon de ses rêves, fonder une famille, plus tard; son rêve, cependant, serait de devenir une athlète établie. Pour cette raison, chaque fois qu'elle le peut, elle s'entraîne, court, nage, fait de la gymnastique seule sur le terrain (sans pouvoir s'offrir une salle de sport).

HE: Robert, 15 ans, fils de 2 professeurs d'université; cheveux bruns, yeux bleus. Il a hérité d'un esprit extraordinaire de ses parents; Il pouvait obtenir des notes supérieures à la moyenne sans étudier, mais ses parents veulent ce qu'il y a de mieux pour lui: enfant, ils l'ont forcé à étudier 4 langues différentes et l'ont empêché d'avoir une vraie vie sociale; le résultat est un garçon très intelligent mais timide et introverti; Ses pairs le taquinent souvent pour son apparence physique: pas très grand, un peu gras, absolument refusé pour toute activité qui ne demande pas que du raisonnement, un physique plus exceptionnel, encore ruiné par des années passées dans les livres et dans le PC. Il n'a jamais eu de petite amie et il est conscient qu'il sera difficile d'en trouver une, compte tenu de ses difficultés à entrer en relation avec les autres; il a toujours été un peu résigné.

Votre premier jour d'école.

Ils sont tous les deux en retard, ils s'assoient au seul comptoir gratuit; pour lui, c'est le coup de foudre; il n'a jamais vu une telle créature; être proche d'elle le fait rester au septième ciel; cependant, il est conscient qu'il ne pourra jamais l'avoir. Il se prépare déjà à la voir alors qu'il va s'asseoir ailleurs, quand elle lui sourit et lui demande d'expliquer une formule qu'il n'a pas comprise: il sourit à son tour et explique la formule avec un naturel désarmant.

Ils deviennent amis; Monica voit en lui un garçon tendre et sensible, un ami; une sorte d'accord tacite se crée entre eux; Robert devient une sorte de «tuteur» d'école et ne lésine pas sur le fait de lui faire apprendre les matières les plus difficiles: pour lui, la côtoyer est un rêve.

Ils se réunissent souvent le soir pour étudier ensemble.

Monica, dans sa naïveté, ne se rend pas compte du sentiment que ressent Robert; en revanche, tous les garçons la regardent d'une certaine manière, et lui, étant plus réservé, ne laisse pas sortir ce qu'il ressent; le voit comme un ami et c'est tout.

Robert, en revanche, avec le temps, commence à se maudire: lui dire ce qu'il ressent et courir le risque de la perdre définitivement ou de continuer à l'avoir comme ça?

L'heure de la remise des diplômes - il y a trois ans

Monica est devenue une fille encore plus belle qu'avant: maintenant elle est plus une femme. Sa féminité est plus évidente dans ses formes, son splendide visage plus formé. Ses compétences athlétiques ont fait d'elle une athlète complète au niveau national; Après avoir excellé dans tous les sports des filles au lycée, elle est devenue gymnaste professionnelle; maintenant son objectif est d'essayer de terminer le lycée avec dignité pour se consacrer entièrement au sport.

En cela, elle doit beaucoup à Robert, qui l'a beaucoup aidée, souvent même en faisant sa copie dans ses travaux de classe; le fait est qu'elle le voit heureux de l'aider, et elle n'y voit rien de mal.

Dans sa naïveté, elle ne réalise pas le sentiment qu'il a pour elle.

Aussi parce que depuis quelques jours elle sort avec un garçon, dont elle tombe amoureuse ... enfin, au moins il semble qu'elle tombe amoureuse, les choses classiques qui se passent à l'adolescence. Ils se rencontrent le soir et le week-end, mais ce n'est pas encore officiel. L'attraction entre eux est forte, ils font presque toujours l'amour, il y a une forte compréhension.

Elle n'a pas souvent vu Robert ces derniers temps, il est maintenant assez avancé dans ses études, il n'a plus besoin de lui; Et puis ça devient ennuyeux

Robert a grandi, en particulier dans la scolastique. Il a remporté plusieurs bourses, notamment dans les domaines des technologies de l'information, de l'électronique et de la programmation.

De nombreuses entreprises prestigieuses vous évaluent déjà pour des entretiens et des offres d'emploi.

C'est un génie, il réussit très bien dans tout ce à quoi il faut penser.

Mais il est triste.

Ses capacités ne parviennent pas à impressionner la femme de ses rêves, devenue désormais une obsession. Dans une tentative désespérée de marquer des points, il s'est inscrit dans l'équipe de football de la ville, espérant pouvoir se rapprocher des intérêts de Monica ... avec des résultats désastreux. Il quitta l'équipe et se moqua de Félix, le capitaine.

Il se résigne à l'idée de la perdre, puisqu'elle apprend à étudier seule et, surtout, va entrer dans le monde du sport pour quitter le sien.

Parfois, vous vous trouvez persistant avec elle:

« Tu es sûr que tu ne veux pas que je te donne un coup de main pour ton test de géométrie? Vraiment, je pense que tu as besoin d'un coup de main, tout le monde a du mal...»

Elle le fait taire "écoutez, n'insistez pas, c'est assez pour moi seule, et j'apprends aussi, merci, mais n'insistez pas."

Ce sont maintenant des conversations courantes entre vous deux.

Il y'a deux ans

Monica n'aime pas étudier, surtout à la fin du mois de mai. Il préfère nager, marcher ...

Robert sait qu'il devrait abandonner, mais l'obsession est plus forte que lui.

Vous ne pouvez pas vous empêcher de rechercher sur Internet toutes les photos d'elle téléchargées à partir d'articles sportifs, elle a créé son propre dossier personnel.

Il y a une photo très étroitement préservée d'un article sur les championnats régionaux, dans laquelle elle est représentée dans toute sa gloire, enveloppée dans un costume moulant qui laisse peu de place à l'imagination, prise lors d'un exercice de poids corporel, tout en faisant une sorte de pont, mettant en valeur vos formes et vos muscles.

Cela ne peut pas continuer.

Vous devez aller la voir et lui parler, exprimer ce que vous ressentez.

Vous décidez de l'appeler, pour prendre rendez-vous, vous devez absolument lui parler:

...

Monica: "mais je suis désolée si c'est si important, dis-moi quelque chose au téléphone"

Robert: "Eh bien, le dire au téléphone est embarrassant, disons que c'est à propos de nous deux, me voilà ..."

Monica: Quoi!? Nous deux? Écoute Robert, toi et moi sommes amis, rien de plus, si c'est ce que tu voulais me dire, évite de venir!

... vous ... vous ... vous ... vous ...

Elle est visiblement bouleversée, elle est occupée cette nuit-là et ne peut pas comprendre que Robert ait été à ses côtés tout ce temps avec des arrière-pensées; Et puis dernièrement, il est devenu trop insistant

Robert est détruit.

Maintenant, il sait qu'il l'a également perdue en tant qu'ami.

Il n'abandonne pas, décide d'aller la voir pour des éclaircissements, au moins il veut que je lui parle à nouveau.

Vous connaissez le chemin, seulement qu'il semble très court, par rapport à l'habituel: que direz-vous, comment va commencer le discours? Maintenant, vous avez deviné la vérité et vous l'avez perdue à jamais. Comment y remédier?

Alors qu'il s'approche de l'entrée de la maison, il entend un jet d'eau dans l'étang adjacent à la maison de Monica.

Robert sait qu'il adore nager l'après-midi pour rester en forme.

Elle est plus forte que lui, au lieu de frapper à la porte, il s'approche de l'étang, avec l'intention de la frapper.

« Monica ...»

Vous ne pouvez pas l'entendre, c'est sous l'eau.

En nageant, Robert parvient à la voir dans toute sa beauté; son corps paraît en marbre, mais conserve une sinuosité et une féminité incroyables. Il se déplace sur l'eau avec grâce et puissance à la fois.

A ce moment-là, il est parmi les arbres et, lorsqu'il s'apprête à l'appeler à nouveau, il la voit sortir de l'eau ...

Sa voix se bloque dans sa gorge.

Je n'ai jamais vu ça.

Elle est nue.

Il s'approche du rivage, en ressort dans toute sa splendeur, les gouttes d'eau dessinent de beaux chemins sur tout son corps, tandis qu'il sort et se tord les cheveux. Les seins pleins mais fermes se déplacent sinueusement avec les muscles pectoraux; Dans l'abdomen, les abdominaux sculptés d'années d'exercice se démarquent. Les pattes sont acérées, longues, mais aussi définies et musclées. Son corps est un hymne à la perfection. Lorsqu'il s'approche du rivage, Robert voit toute sa nudité et reste immobile sans pouvoir émettre un son.

Mais quelque chose d'inattendu se produit.

Elle n'est pas seule.

Robert entend des rires derrière un buisson où Monica se dirige.

Maintenant, il l'a perdue de vue, mais il peut entendre des rires, des gémissements de plaisir et encore plus de rires.

"Monica, je pense que tu devrais parler clairement à Robert, lui dire que nous sommes ensemble et arrêter de le tromper, une fille comme toi ferait tomber n'importe qui amoureux ..."

"Mais je ne pensais pas qu'il avait des arrière-pensées ... c'est ... c'est juste récemment qu'il est devenu insistant, inexplicablement jaloux, possessif, cela me donne beaucoup de mal ... je ... je ne sais pas comment lui dire, il ne semble pas comprendre. Peut-être que j'aurais dû le savoir il y a longtemps. "

"Il vaut mieux clarifier au plus vite, si vous ne le faites pas je le ferai"

"Ne t'inquiète pas, tu es jalouse? Comment pourrais-je ressentir quelque chose pour lui? Au début, je pensais au moins qu'il était gentil, amical, mais maintenant je pense que je comprends ses véritables intentions; et puis physiquement ... ici ... il est répugnant. ... certainement pas comme toi ... "

Ils rient tous les deux.

Ils arrêtent de parler et recommencent à s'embrasser et à s'étreindre.

Robert est simplement pétrifié.

Après toutes ces années qu'il a été proche d'elle ...

Ces mots le refroidissent.

Vous aimeriez crier votre colère et votre frustration au monde entier, mais ce ne serait pas pratique de vous faire entendre à ce moment-là.

La chose la plus logique est de s'éloigner en silence, et c'est une décision qui est presque claire dans l'esprit.

En remontant le rivage, avec beaucoup de difficultés, il cherche un chemin moins raide qu'auparavant; ce faisant, il trébuche sur une branche avec le bruit sourd qui en résulte.

«Oh mon Dieu, tu as entendu ça Monica?

"Je suppose! Qui cela pourrait-il être? Quelqu'un est-il venu nous espionner?"

Ils s'habillent le moins possible et errent dans les arbres à la recherche de l'intrus.

Robert est en fuite, à ce stade, il commence à courir furtivement, mais l'homme est sur lui en quelques secondes.

Il reconnaît, dans la pénombre, le capitaine de l'équipe de football de l'école.

Félix.

«Robert?

"Quoi? Ne me dis pas que tu es venu ici pour nous espionner!"

"... nn ... non ... s'il vous plaît les gars, ce n'est pas comme ça que vous pensez, Monica ... je ... je suis venu ici juste pour vous parler, j'ai entendu un bruit et je suis venu au lac, vous ne m'avez pas entendu, mais je t'ai appelé ... "

Un coup de poing à la mâchoire le coupe brusquement.

"Tu es une sorte de ver inutile, maintenant je vais t'apprendre à venir espionner MA copine"

"... non, Félix, s'il te plaît ..."

Un genou au ventre le fait taire encore plus.

Robert est au sol, impuissant.

Mais plus que la douleur physique, c'est l'humiliation atroce dont il souffre qui le fait souffrir.

Monica prend la main de Felix avant de le frapper à nouveau.

«Arrête, Félix!

Robert a une pause. Peut-être Monica veut l'écouter, consciente de tous les après-midi que nous avons passés ensemble.

Rien n'est plus éloigné de la réalité.

Elle s'approche de lui, à moitié nue, dans ses sous-vêtements et un débardeur léger encore humide pour la salle de bain.

Le contraste entre elle, grande, jolie, forte, d'une couleur saine, un peu bronzée ... et lui, au sol, penché sur lui-même, des épaules et des bras fins, un ventre qui pousse autour de la taille, conséquence des années se détache. passé, étudiant.

Elle est au-dessus de lui et la voit comme un ange à son secours.

Une vision de rêve, il rêve de l'embrasser, de passer ses mains sur ce corps fantastique, allongé sur une plage déserte, avec elle pour toujours.

Monica le ramène à la réalité. Elle le soulève d'une main par sa chemise, le regarde droit dans les yeux.

«Félix, ça ne sert à rien de se salir les mains avec ce rien, le frapper ne finirait que par des ennuis. Quant à toi, sous-espèce de mollusque, ne me reparle plus, j'étais si naïf de penser que tu étais proche de moi à l'amiable, mais j'aurais fait j'ai dû avoir compris tout de suite de quoi était faite toute ton insistance, jalousie, obsession; imprime bien cette voix et ce visage dans ton esprit, car tu ne me parleras plus jamais. Dieu merci je partirai la semaine prochaine, pour aller à un endroit où j'espère que personne ne sera prêt à me proposer de l'aide "de manière désintéressée" et à m'espionner dans mon intimité ".

Disparaîtra.

«Rentrons à la maison, Felix. "

Robert au sol, incapable de regarder en arrière, sous une pluie de larmes, rentre chez lui.

La douleur physique est à peine ressentie.

DEUXIÈME PARTIE
SONIA ET MONICA

31

il y a 3 ans

Elle: Sonia, 18 ans, son père travaille comme salarié, sa mère est professeur de biologie moléculaire. Deux bonnes personnes. Elle n'est pas belle. Petite, pâle, peu importe, c'est assez féminin mais ce n'est certainement pas provocant. C'est une fille intelligente, héritée de sa mère d'une grande passion pour la biologie et la génétique.

Très réservée et sage, elle n'a jamais eu de garçons, pas tant à cause de son apparence physique, pas exubérante mais pas répréhensible, mais parce qu'elle ne s'intéresse PAS aux garçons.

Ses intérêts se limitent à la lecture, à la recherche, à la génétique. Une fille froide, calculatrice et insociable.

Et d'un sadisme subtil, inné et inexplicable.

Il arrive souvent qu'il se rende au laboratoire, secrètement de sa mère, pour chercher un animal et le torturer sans raison précise. Il aime ce sentiment de pouvoir sur la victime et voir la tentative infructueuse d'échapper à son destin de la part des spécimens les plus forts.

Et grâce à sa capacité à mesurer sa cruauté, il n'a jamais tué personne.

Vos victimes préférées sont les plus vitales et les plus résistantes, vous pouvez donc faire plus d'efforts sans conséquences permanentes.

En ce sens, elle n'a jamais pensé qu'elle pourrait torturer n'importe quel spécimen humain, même si l'idée la tente grandement.

Jusqu'à ce jour.

Nous sommes en avril il y a deux ans.

Sonia se prépare à contrecœur à suivre la leçon de gymnastique avec ses camarades de classe.

Un ennui mortel et des efforts considérables.

Lors des tours d'échauffement dans le gymnase, il prend toujours du retard avec Robert, le savoir-tout de l'école. De temps en temps, ils parlent, ils échangent deux mots parlant de ceci et de cela. De toute évidence, ils ne ressentent aucune attirance mutuelle, ils ne tiennent compagnie que pendant les heures de gym.

Elle le trouve très intelligent et est d'accord avec lui dans de nombreux aspects de la vie quotidienne.

Il n'y a qu'une chose dont il ne comprend pas le sens: le sentiment qu'il a pour Monica, cette gymnastique, arrogante, stupide et, surtout, insensible, considérée comme « exploitant » le pauvre Robert. Il ne comprend pas comment un gars intelligent peut être taquiné comme ça et en même temps être persévérant et têtu dans son obsession.

C'est un pur mépris.

Cependant, il y a quelque chose qui confond ses sentiments: le corps de Monica. Est-il possible que la nature se moque au point d'enfermer une personne aussi superficielle, insensible et stupide dans une telle coquille parfaite?

Parfois dans les vestiaires, elle se rend compte qu'il la regarde plus longtemps qu'il ne le devrait, mais elle ne comprend pas pourquoi.

Cette stupide heure de gym est sur le point de se terminer, attendant juste le dernier exercice sur le poteau et puis va faire le test en classe de biologie, qui se terminera dans dix minutes, par le génie habituel Robert, et puis tous les autres, qui cela prendra un peu plus de temps.

C'était cette petite salope Monica qui insistait sur le fait qu'elle voulait grimper au poteau, applaudie à haute voix par tout le monde, bien sûr.

Alors que Sonia se prépare à tenter en vain de grimper, Mónica la frappe involontairement, la faisant se cogner le nez contre le poteau, avec un rire général.

"Chut les gars, allez, faites vite cet exercice, nous sommes déjà en retard ..."

"Je suis désolée ..." dit Monica, et avec une légèreté presque animale elle grimpe au sommet puis redescend tout aussi vite.

"Je suis désolée, espèce d'idiot" ... c'est ce que pense Sonia, mais elle pense juste. Alors qu'elle s'accroche à la perche en prétendant un effort futile pour grimper, elle observe Monica sur la perche voisine: T-shirt blanc, short foncé (comme dans l'uniforme scolaire), culotte et soutien-gorge visibles. Lorsqu'une partie du short monte, elle tombe à cause du contact avec le bâton, révélant un string noir et une partie de ses fesses blanchâtres qui se contractent avec l'effort. En descendant, cependant, c'est la chemise qui se soulève, exposant le nombril et l'abdomen plat. Au moment où il descend de la perche, il fait le geste de soulever sa chemise pour sécher son visage, montrant la perfection de son abdomen.

A ce moment précis, Sonia se voit dans son laboratoire avec ses instruments et Monica à moitié nue, en sueur et haletante, immobilisée sur une table avec des cordons et des sangles de toutes sortes, alors qu'elle attend qu'elle fasse son travail en essayant de se tortiller de diverses manières. comme un animal de laboratoire ... "les excuses ne suffisent pas, salope dégoûtante, maintenant je t'apprends l'éducation".

Elle avait entendu parler de l'orgasme de ses compagnons et, en fait, elle s'était légèrement caressée, ressentant un plaisir subtil.

Mais à cet instant, imaginer cette scène, alors qu'elle s'accrochait à la perche, lui procure un plaisir dévastateur, comme s'il devait se retenir pour éviter de crier.

Depuis ce jour sa vie a changé, il voit Monica comme une victime potentielle de ses fantasmes et il y prend plaisir.

Les animaux ne suffisent plus.

Quelques semaines plus tard.

Comme Sonia se sent stupide.

Son obsession pour Monica l'avait privée de clarté.

Elle aurait dû imaginer que personne ne lui plairait avec leurs jeux méchants.

Et il n'aurait pas dû inviter Monica chez lui.

En revanche, il n'a pas résisté. Dans les toilettes après les cours, il la trouva devant elle pour la énième fois, et cette fois nue, alors qu'elle se douchait.

Pendant que Monica se savonnait les yeux fermés, Sonia a mangé ce corps dans chaque centimètre carré, enviant un instant l'éponge avec laquelle elle se lavait.

Alors que le fantasme traversait sa tête, les autres filles remarquèrent la fixation de Sonia et ricanèrent.

Ils ont été laissés seuls après cinq minutes.

Monica: "Pourquoi tu prends autant de temps? Je pensais que j'étais la seule à aimer une longue douche ..."

"... comment? Oh ouais ... enfin c'est relaxant."

Il était sur le point de s'éteindre et de fermer les robinets.

"Hey Monica, il te reste du savon sur tes fesses"

"Euh merci! Quel esprit d'observation! Maintenant je pars que ce soir j'ai la course de cross-country, si je gagne aussi avec les garçons je vais établir un nouveau record, tu sais?"

"Hé, tu es très athlétique et jolie"

«Merci» sourit-il, il n'imagine pas la méchanceté de la part de nombreux hommes, encore moins d'une femme.

"Au fait, savez-vous que de nombreux athlètes utilisent l'électrostimulation? L'utilisez-vous?

"Eh bien, pas pour l'instant, même si j'en ai entendu parler; je n'en sais pas grand-chose."

"Vraiment? Tu veux venir me voir? J'ai quelques appareils, pour des études de biologie, tu sais. Je peux te laisser les essayer ..."

Elle était allée chez lui.

Comme deux amis.

Sonia n'a pas osé lui dire qu'elle utilisait ces outils pour ses jeux sadiques avec des animaux de laboratoire.

Ils s'étaient enfermés dans la pièce.

"Maintenant. Déshabillez-vous ..."

"Pardon?"

Sonia n'était pas très sociable et n'a pas compris que quelques mots circonstanciels sont généralement de bon goût, avant d'en venir au fait.

«Eh bien... eh bien... n'étais-tu pas là pour essayer les électrostimulateurs? Je dois les appliquer partout. Tu peux rester en sous-vêtements et soutien-gorge si tu veux.

Monica, un peu agacée, a commencé à se déshabiller, puisqu'elle était essentiellement venue pour ça, elle n'a donc pas fait de bruit.

Sonia avait presque perdu le contrôle en soulevant sa chemise. Avec des yeux presque hantés, il fixa son nouveau cobaye de laboratoire.

"... écoutez, j'ai couru une trentaine de kilomètres hier, je suis un peu fatigué, peut-être que nous ne pourrions pas essayer ces trucs d'abord quelque part et ensuite voir si ça fait mal?"

Trente kilomètres et elle est un peu fatiguée, pensa Sonia; un athlète parfait; dans ce spécimen je peux tout tester et plus ... et déjà son esprit était perdu dans l'idée de tout ce qu'il pouvait tester chez une femme comme celle-ci: tests de fatigue, stimulations prolongées de plaisir mêlées de douleur, contrôles de seuil, douleur ...

Elle a été interrompue dans ses pensées par Monica qui l'a vue comme en transe

"Salut! Sonia, tu es ici avec moi?"

"Oh ouais bien sûr, essayons-le ... sur les fesses, d'accord"

"Buah ... Sur les fesses?"

"Pourquoi? Êtes-vous gêné? Puis-je vous aider ..."

Après avoir mis beaucoup de gel sur les électrodes, il les a disposées très soigneusement, presque maniaque sur les fesses et une partie de l'intérieur de la cuisse.

Il ne semblait pas réel à Sonia qu'elle puisse toucher cet animal en toute impunité, et elle dut s'abstenir de s'attarder trop longtemps sur sa chair pour éviter de la rendre suspecte. Mais la position dans laquelle elle avait été placée, les jambes écartées, légèrement penchées en avant, une main tenant ses cheveux immobiles et l'autre posée sur la table de chevet, en sous-vêtements, rendait impossible de ne pas tester la fermeté de ses fesses et la intérieur de la cuisse.

Monica a remarqué cela et a semblé un peu contrariée.

Puis Sonia se ressaisit.

"Ok, maintenant je t'envoie des impulsions d'une seconde au niveau 1"

Monica sentit un picotement, mais rien ne bougea.

Puis Sonia est passée directement au niveau 3.

Monica sentit ses muscles se contracter à chaque seconde; Cela l'a d'abord prise par surprise, puis elle a commencé à trouver cela presque agréable.

Sonia a vu ses fessiers et ses adducteurs se contracter et a commencé à entrer en crise. Il aurait aimé l'étourdir, la dépouiller du peu qu'il lui restait, bien l'attacher et atteindre progressivement le niveau 10 sur tout son corps.

Mais c'était un fantasme.

Il s'est presque effondré quand il a à peine entendu un gémissement au moment de la contraction.

Était-il possible qu'elle l'aimait?

À moins que...

Il a eu l'idée malsaine ...

«Écoutez, puisque je pense que vous l'aimez, pouvons-nous l'essayer sur tout le corps?

"Ah ben oui, ok"

Le placement des électrodes a duré plus de dix minutes.

Sonia voulait profiter de chaque instant que ce beau corps touchait.

Il avait mis des électrodes partout.

Le plus petit des biceps, triceps, mollets.

Ceux un peu plus gros au niveau de l'abdomen, du dos, des pectoraux, des cuisses, en plus de ceux que j'avais déjà.

Avec une excuse incroyable, disant qu'il devait connecter la « masse de l'équipement », il l'a effectivement épinglée à un cadre qui a servi de suspension dans le laboratoire.

Et il avait également enlevé son soutien-gorge en disant "juste pour être sûr" qu'elle devait placer des capteurs dans cette zone pour le rythme cardiaque. De cette façon, elle a enveloppé ses mamelons avec des électrodes spéciales et a fixé la partie mammaire au cadre.

Le résultat fut Monica ligotée en forme de X, avec un corps pratiquement nu si ce n'est pour son petit string noir, et les électrodes attachées à la majeure partie de son corps, devant et derrière.

"... mais ... mais ... je ne peux pas bouger"

"De cette façon, je peux mettre les électrodes où je veux, et avec les bras et les jambes tendus, vos muscles fonctionneront mieux"

Monica ne comprenait pas grand-chose et cela semblait très étrange, mais elle avait confiance en cela.

Toutes les électrodes étaient connectées à une machine que Sonia manipulait avec des mains expertes.

Tout a commencé avec les niveaux 3 et 4.

Ravie par cette œuvre d'art vivante, elle dosait les niveaux et les intervalles à volonté, admirant à quel point tous les muscles de Monica étaient pratiquement à son service.

Monica trouvait cela un peu étrange, mais la sensation physique était agréable.

Cependant, il y avait quelque chose qui la dérangeait dans les yeux de Sonia, elle semblait presque extatique.

« Eh bien, intéressant, Sonia. Je ne vous ai pas demandé combien de temps duraient habituellement ces séances. Non, je te le dis parce que j'ai un rendez-vous ce soir et je ne veux pas ...

Elle fut réduite au silence par un bâillon que Sonia, au milieu de l'extase, le mit violemment dans sa bouche, l'immobilisant encore plus contre la structure.

"La ferme salope!"

Monica, presque incrédule, essaya de se libérer, mais en vain. Du bâillon, elle émit des sons presque animaux, de rage incontrôlée, quand Sonia s'approcha d'elle.

Il a commencé à la lécher, à l'embrasser, à grignoter chaque point de son corps.

Et ce qui l'excitait le plus, ce furent les accès de rébellion et de répulsion chez son cochon d'Inde.

Pendant les cinq minutes suivantes, il a élevé le niveau à 7 et a vu ses muscles se contracter de manière anormale, et la sueur a encore augmenté la conductivité des électrodes.

Monica est passée d'une humeur d'abord à une colère incrédule, puis à la panique et enfin ... presque à l'excitation. Comment était-il possible d'être excité par une femme aussi dépravée? De plus, son corps en spasmes violents lui a dit le contraire.

Sonia avait remarqué que le string s'était mouillé et souriait diaboliquement. Il est venu et a commencé à jouer avec le string pour le retirer.

Cependant, Monica voulait absolument sortir de cette situation et la raison prévalait.

Avec un effort incroyable, il réussit à casser une partie de la structure métallique et à libérer sa main droite.

Puis il retira le bâillon et se mit à crier avec le souffle possible dans sa gorge, arrachant toutes les électrodes.

Sonia la trouva libre devant elle et reçut un coup de pied au visage qui la fit s'évanouir.

Monica, paniquée, s'est enfuie avec ses vêtements.

Dans un moment de clarté, il a pensé alerter la police une fois rentré chez lui.

Maintenant Sonia et Monica sont au poste de police.

Monica avait poursuivi Sonia pour agression sexuelle, disant la vérité dans les moindres détails. Cependant, la maison de Sonia était isolée et personne ne l'avait vue partir dans cet état et personne ne l'avait entendue crier. De plus, l'histoire n'était pas très crédible, car la police trouvait étrange qu'une femme forte comme elle soit immobilisée par une femme mince comme Sonia. Et puis le «traitement» n'avait laissé aucune trace sur son corps, qui était désormais en parfaite santé.

Sonia se maudissait.

Que lui était-il arrivé?

Attaquez-la comme ça.

C'était certainement un rêve de l'avoir, même pour quelques minutes, mais maintenant?

Monica ne lui fera plus jamais confiance.

La moquerie des compagnons et les opinions du peuple ne l'intéressaient pas. Ce qui la dérangeait le plus, c'était d'avoir perdu le contrôle et d'être jetée dans une situation dangereuse.

Il n'aurait certainement pas pu prédire que la bête déchaînée briserait une partie du cadre métallique, mais avec un tel physique ...

Elle s'est promis qu'à l'avenir, elle serait mille fois plus prudente. Parce qu'elle est toujours déterminée à réaliser son fantasme.

Pour le moment, elle se limite à gérer la situation désagréable: en l'absence de preuves, c'est elle qui accuse Monica de l'avoir agressée d'un coup de pied après l'avoir presque déshabillée pour la séduire. La version de Sonia, avec son apparence de fille typique aux bonnes manières, et issue d'une bonne famille, soutenue par la blessure à la lèvre causée par le coup de pied de Monica, est plus probable aux yeux de la police qui émet l'hypothèse d'une attaque de Monica après un refus de Sonia.

Après plusieurs jours d'enquêtes, des personnes interrogées, tout se termine dans une impasse faute de preuves.

Sonia laisse échapper un soupir de soulagement libérateur en elle-même; après avoir pris une expression effrayée et indignée devant les commissaires. Une fois dehors, il regarde Monica directement dans les yeux avec un sourire diabolique et lubrique comme pour dire: As-tu vu, putain stupide, de quoi suis-je capable? A ses yeux, tu es presque plus coupable que moi. Sachez que tôt ou tard vous serez MIA ...

Monica est perplexe.

Il se rend compte qu'il a agi naïvement et imprudemment.

Il y a quelques jours à peine, elle a découvert que Robert, son camarade, avait des arrière-pensées et était venu l'espionner pendant qu'elle était intime avec Félix.

Et maintenant, ce camarade de classe l'immobilise pour la torturer. Heureusement, il avait la force de se libérer, sinon ... essayez de ne pas penser à ce qui aurait pu arriver. A part cet état d'excitation lorsqu'elle était impuissante à la merci de cette folle?

Mieux vaut ne pas y penser et penser à ton avenir en tant qu'athlète, en retournant à l'entraînement.

Et sans électrostimulateurs ...

Petite parenthèse

Une semaine après le fait.

Monica a partagé sa version avec ses camarades de classe / amis. Beaucoup de gens croient Monica, c'est une fille très aimée et respectée, pas seulement un objet d'envie et de désir.

Sonia n'a pas d'amis, c'est une fille timide. En conséquence, il ne se soucie pas des regards désobligeants des gens. Il a recommencé à jouer à ses petits jeux avec des animaux de laboratoire et des cobayes.

Aujourd'hui, une excursion d'une journée au parc est prévue.

Elle sera seule à regarder les garçons et les filles plaisanter, jouer à des jeux et se courtiser, y compris Monica.

Curieusement ce jour-là, après avoir nagé dans le lac du parc, un groupe de filles a commencé à la rencontrer, à parler de ceci et de cela.

Ensemble, ils se promènent dans les bois.

Lorsqu'ils s'approchent d'une cascade bruyante, ils arrêtent de parler.

Sonia est effrayée par le regard de ses amis improbables.

"Maintenant tu vas avoir une petite leçon"

Elle est portée sur les ailes, incapable de se rebeller, derrière un rocher, effrayée.

Monica l'attend derrière le rocher.

«Tout est à vous, Monica, donnez-lui une bonne leçon, nous resterons à l'entrée pour empêcher quiconque de s'approcher, bien que l'endroit soit presque inconnu; dans une vingtaine de minutes nous reviendrons pour vous; amusez-vous.

Sonia est dans un état de terreur.

La silhouette imposante et belle de l'objet de ses souhaits se détache à un mètre d'elle. Mais ce n'est pas ce que vous voudriez. Sonia aimerait qu'elle soit ligotée, à sa merci, maintenant ils sont seuls et seul Dieu sait ce qui va se passer.

Monica enlève son short et son T-shirt et reste en bikini.

Il s'approche de Sonia, qui la voit un instant comme une amante et tombe à genoux pour l'admirer.

Quand il voit Monica comme ça, il ne pense plus, il fait le geste d'embrasser son nombril.

En réponse, il reçoit un coup de pied au ventre.

"Maintenant, mets-toi nue, BITCH"

Sans comprendre ses intentions, il obéit sans hésitation.

"Complètement"

Monica enlève également ses derniers vêtements.

"N'aie pas d'idées bizarres, salope, je ne veux pas mouiller mes vêtements"

Les deux filles, nues, sont un contraste évident entre elles; beauté et laideur, force et fragilité, sensualité exubérante et timidité honteuse.

Monica la traîne par les cheveux vers la cascade et la jette à l'eau, plongeant après elle.

Il la prend par le cou et la soulève.

«Maintenant dans ces vingt minutes j'aurai une petite revanche, salope, et j'espère, surtout pour toi, que tu ne me reparles plus... ah, ne t'inquiète pas, je ne laisserai pas de signes visibles pour que tu me dénoncent»

Sonia regarde son ancien cochon d'Inde avec nostalgie et admiration.

Alors qu'elle est penchée avec ses mains autour de son cou, ses yeux sont pleins de colère. Dans l'effort de la soulever, il contracte tous les muscles de son corps magnifique.

Sonia voit Monica dans toute sa splendeur et dans toute sa fureur, même si la situation est inversée par rapport à la dernière fois.

Au cours des 20 minutes suivantes, Monica plonge la tête de Sonia plusieurs fois, la poussant à la limite. Tout en le tenant, il le frappe également plusieurs fois. Vous devez évacuer votre colère d'avoir subi ce sentiment de vulnérabilité que vous avez ressenti dans la maison de la pute. Et surtout à cause de cette excitation insensée qu'il avait ressentie.

Même à cet instant il se demande pourquoi il a dû se déshabiller complètement, le maillot de bain aurait séché sous la chaleur.

Et en étant nue et seule avec cet être pervers, elle redevient excitée.

Cela l'exaspère encore plus, la faisant tenir la tête sous l'eau pendant quelques instants de plus qu'elle ne le devrait.

Sonia avale de l'eau et commence à tousser de manière convulsive.

Monica s'arrête, se ressaisit.

Dans ces minutes, Sonia souffre physiquement, mais elle sait clairement que Monica veut juste lui donner une leçon. Et cela la rassure. Et voir cette bête dans toute sa fureur l'excite, pensant à ce qu'elle pourrait lui faire, s'il est dans la bonne condition.

"Maintenant va-t-en"

Dit Monica, un peu choquée par l'émotion inexplicable qu'elle ressentait juste avant.

Sonia la regarde, s'habillant, se demandant si les tétons de Monica sont si dressés à cause de l'eau froide ou pour d'autres raisons.

Les yeux se croisent et Sonia a à nouveau cette lumière diabolique dans ses yeux.

-Je veux l'avoir-

Monica pense à Sonia.

Elle part, toussant, lançant des regards meurtriers aux «amis» de service.

Monica sait que ses amis la rejoignent quand elle leur crie dessus.

"Laisse la tranquille!"

Les amis comprennent le moment difficile et se retirent.

Dans la solitude de la cascade, Monica se retrouve aux prises avec son instinct.

Elle est nue dans l'eau; Ces derniers temps, les événements avec Robert et Sonia lui font comprendre à quel point leur beauté choquante affecte les gens.

Il se sent presque coupable.

Et inconfortable.

Elle se sent observée.

Il se tourne vers le haut de la cascade.

Une ombre furtive s'enfuit et se retire dans un buisson.

Monica, toujours choquée par ce qui s'est passé, avec un saut prodigieux atteint rapidement la brousse au sommet de la cascade et parvient à rattraper «l'admirateur» sans méfiance ... Robert.

"Comment? Encore toi?"

Monica est émerveillée par le fait qu'elle est de plus en plus l'objet d'attention indésirable.

Robert n'a rien à dire, cette fois il sait qu'il a tort et c'est complètement injustifiable.

Monica, au milieu d'une rage incontrôlée, le frappe à deux poings et lui serre le cou avec force.

«Putain! Peux-tu savoir ce que tu veux de moi? Je veux juste que tu me laisses tranquille. La leçon sur le lac n'était-elle pas suffisante pour toi?

Robert, incapable de réagir, est sur le terrain. Les mains de sa bien-aimée agrippent son cou alors qu'elle est assise sur lui, nue à califourchon sur lui. Malgré la situation dangereuse, voyant cette beauté sauvage, il ne peut s'empêcher d'étirer ses mains sur le corps nu de Monica, de se mettre en marche, maintenant il n'a plus rien à perdre.

Monica comprend à peine la situation, et quand elle remarque un renflement indéniable dans le boxer du garçon, repoussé par l'apparence de l'individu, elle lui donne un coup de pied ferme dans les parties inférieures, lui causant une douleur indescriptible.

La situation d'elle nue sur un garçon sur le sol, combinée aux événements d'avant, provoque à nouveau une étrange excitation chez la fille, presque fascinée par son pouvoir et sa force, et par l'effet qu'elle a sur les gens.

Poussant avec force la pensée de son esprit, il s'enfuit en laissant un Robert physiquement anéanti sur le sol.

Ce qui vient de lui arriver, ce violent coup de pied, cause une douleur atroce dans ses parties inférieures.

L'objet de son désir est de plus en plus inaccessible pour lui, et il tombe de plus en plus bas

Dernièrement, il avait découvert ce qui s'était passé entre Sonia et son objet de désir.

Cela le dérange beaucoup. Surtout, il se demande comment Sonia a réussi à convaincre Monica de geler ainsi. Puis l'histoire des électrostimulateurs ... il a honte de lui-même en étant excité rien qu'en y pensant.

Il éprouve de l'envie pour cette étrange fille mince et laide passionnée de génétique: il pensait l'avoir eue, ne serait-ce que pour quelques minutes et d'une manière méchante.

Et combien aurait-il donné pour être seul avec elle dans cette maison, avec elle complètement nue et ligotée?

Mais à quoi pense-t-il? Non, penser à ces choses ne fera que vous blesser.

Une démission digne, c'est mieux.

TROISIÈME PARTIE
MONICA ET SON COSTUME

47

2018 - Le sport

Personne qui a vu Monica ces dernières années, son corps, ce dont elle est capable, même en compétition avec les gars, n'aurait le moindre doute qu'elle a toutes les références pour devenir une athlète de niveau absolu. Il semble presque, à 21 ans, qu'il dépasse parfois les lois de la physique. Ce qui est surprenant chez elle, c'est le fait qu'elle excelle à la fois dans les disciplines où la force est requise (comme le lancer du poids, le lancer du javelot) et dans les disciplines de vitesse comme la course à pied; Elle parvient à devancer les athlètes noirs dans des disciplines purement de vitesse, provoquant l'étonnement, l'admiration et même l'envie des athlètes qui l'entourent.

La natation lui permet de rester en forme, mais même dans cette discipline, il excelle et parvient à suivre la plupart des garçons.

La discipline dans laquelle il parvient à tout combiner avec des résultats exceptionnels est le saut à la perche, à tel point qu'il se concentre davantage sur cette spécialité, avec un peu de regret de ne pas pouvoir concourir dans toutes les disciplines (ce qu'il pourrait facilement faire).

Sa relation avec Félix s'est terminée il y a longtemps, malgré l'attirance qu'elle ressentait, elle ne pouvait supporter sa jalousie; d'autre part, elle comprend, se voyant dans le miroir, qu'aucun homme ne peut cesser de l'admirer. Mais c'est mieux ainsi, à ce moment-là, elle se sent bien dans sa peau et libre.

Ce n'est que d'un point de vue professionnel que quelque chose manque. Il est vrai qu'elle se prépare pour les Jeux Olympiques, qui sont déjà assez célèbres, qu'on lui a proposé de marcher, de poser pour des calendriers ... pourtant elle se sent presque piégée par cette vie d'entraînement et de course.

Voudrait avoir plus de satisfaction.

La naissance du super-héros

Un dimanche comme un autre, après avoir passé un samedi dans une discothèque entre amis et une merveilleuse nuit d'amour avec un garçon qu'elle a rencontré le même soir, elle regarde la télévision et est intriguée par une série dans laquelle trois belles filles s'habillent en un costume serré et ... ils volent.

Monica n'a aucun problème financier, même si elle ne navigue pas dans l'or, mais son désir d'essayer de nouvelles émotions l'emporte.

Une nuit, elle enfile un maillot de bain serré gris foncé.

Vous le portez sans rien en dessous.

Préparez également un revêtement facial, qui est également bien ajusté.

Votre première « mission » est d'explorer la ville.

Comment le faire sans être vu?

Ses capacités athlétiques lui viennent en aide ... et son axe aussi.

De la fenêtre de la résidence, à 2 heures du matin, elle descend silencieusement sans être découverte, aidée également par la couleur du costume.

Bien qu'il ne puisse pas être bien vu comme ça, il décide de traverser les zones les moins fréquentées.

Les toits sont les endroits les plus faciles pour tout maîtriser.

Monica est satisfaite d'elle-même: l'idée de sauter du plafond au plafond à l'aide d'un poteau, en plus de lui permettre de maîtriser la situation, lui permet de s'entraîner encore plus (comme si elle en avait besoin).

Après la première nuit de patrouille, d'autres arrivent, mais jusqu'à présent, cela ressemble plus à un jeu.

Un soir, il se rend compte qu'un groupe de criminels s'introduit par effraction dans un supermarché.

Le bon sens vous dit d'avertir les autorités ... mais votre courage l'emporte.

Avec un bond prodigieux, il atterrit sur le toit du supermarché.

Il se faufile à travers une fenêtre pour regarder quatre hommes portant des masques de ski dans des boîtes vides.

Elle ne sait pas pourquoi elle est entrée là-dedans, que peut-elle faire maintenant? Peut-être juste de la curiosité ou le désir de vous tester.

Ses mouvements sont aidés par le fait que les lumières sont éteintes et que les criminels ne sont pas conscients de sa présence. Mais quelque chose d'inattendu se produit: celui qui semble être le patron dit quelque chose à son partenaire, qui va au tableau de bord en allumant toutes les lumières: il a visiblement remarqué sa présence.

Le cœur dans la gorge, Monica s'accroupit derrière le comptoir réfrigéré, essayant de gagner rapidement la sortie.

L'un des quatre le voit!

"Hé, tu arrêtes ..."

Monica essaie de s'échapper de l'homme et elle réussit, étant très rapide; Elle décide de retourner à la fenêtre par laquelle elle est entrée, elle a déjà placé plusieurs mètres entre elle et l'homme, quand dans un coin elle rencontre le patron et un autre, tous deux avec un pistolet pointé sur elle.

"Jeu terminé"

Maintenant, il y en a quatre autour d'elle et Monica se maudit pour son imprudence et sa stupidité.

"Maintenant dis-moi qui tu es et que fais-tu ici, en attendant, les mains sur la tête"

Maintenant que Monica est les mains au-dessus de sa tête, la combinaison moulante met en valeur ses formes sinueuses, ses seins dodus et fermes, ses fesses sculptées, ses bras musclés, le fait qu'elle ait peur, plus que la fatigue de la course, la fait respiration rapide et essoufflée. Sentez les yeux des intimidateurs sur elle.

"Tu es une femme, hein? Intéressant, maintenant que je pointe cette arme sur toi, enlève ce joli costume, commence par ton visage, je veux te voir en face"

Monica ne sait pas quoi faire ... les voleurs ont des masques de ski, les caméras ne sont pas un problème pour eux, mais elle ... son visage reconnu, sa photo dans les journaux, sa carrière ruinée, le ridicule des gens ... c'est pétrifié et incapable de penser clairement.

«Eh bien à ce stade... vous deux, serrez-la fort.

Les deux s'approchent d'elle et lui prennent les bras, les gardant fermement derrière son dos; elle craint le pire.

"Patron, elle est un peu plus grande que nous, et regarde ses bras ... ne serait-il pas préférable de l'attacher?"

"Assez, rappelez-vous que nous sommes quatre et qu'elle n'est qu'une femme, lâche"

Le chef s'approche avec le pistolet pointé et fait signe de retirer le masque.

Monica, à ce stade, suivant son instinct, tend un genou fort vers les parties inférieures de l'homme, jette avec force les deux qui la maintenaient contre le mur, les enlevant d'elle comme deux brindilles. Puis il attrape la tête douloureuse du boss et la jette contre le mur en direction de la pièce qui pointait l'arme sur lui.

Avec un saut, il est sur les deux, prend les armes et les pousse, commence à frapper et donner des coups de pied aux deux malheureux, les faisant s'évanouir.

Les deux autres, ceux qui lui tiennent les bras, se jettent sur elle avec deux barres de fer. Le premier est neutralisé par un coup de pied au nez, mais le second parvient à frapper Monica à l'abdomen; incrédule il voit que la fille sent le coup et s'effondre un instant, mais en une seconde elle se relève et le désarme. Maintenant, il est le seul à ne pas être inconscient, mais terrifié: qui pourrait se remettre sur pied après un tel coup?

Monica l'attrape par le cou et le claque contre un mur. Elle-même est fascinée par sa force et sa puissance. Elle se souvient de la situation, de la sensation dos au mur, de quatre hommes contre elle, dont deux armés, de leurs regards gourmands vers son costume gris, de la conscience d'être victorieuse, ils l'excitent à nouveau ... la même émotion cela l'avait troublée il y a quelques années. Le truc la dérange, elle serre fort le cou de la victime ...

Les sirènes interrompent tout.

Monica se rend compte du danger d'être découverte et s'échappe rapidement.

"Attendez ... mais qui est-ce, ce truc habillé de gris, ça ressemblait à une femme ... les gars, venez ici, il y a quatre voleurs inconscients par terre, vérifiez-le."

Monica est très rapide, l'adrénaline l'aide.

Atteint le plafond, utilise le poteau pour sauter de l'un à l'autre, le son des sirènes s'estompe.

Arrivé dans une zone peu peuplée, il descend des toits et se met à courir à une vitesse vertigineuse, bâton à la main, vers la résidence.

Miraculeusement, elle n'est pas découverte et tombe dans sa chambre avec un grand soulagement.

Elle est un peu choquée, mais elle va bien.

Mais que lui arrive-t-il?

Il veut comprendre.

Elle va vers le miroir, enlève son masque, elle est toujours déguisée.

Il enlève également son costume gris et regarde son corps nu; elle est en sueur de courir. Ses souvenirs s'envolent vers sa première «patrouille», puis la rencontre avec les voleurs, les armes pointées sur elle, sa réaction dévastatrice ... et il y a encore quelques années ... cette méchante fille qui l'immobilise et la torture. Et voyez celui qui a été libéré de force ... celui qui tient la tête de la fille sous l'eau, celui qui frappe le "voyeur" Robert.

On l'observe alors que sa main va se caresser, roule sur le sol, serre fort ses seins ... et réalise un plaisir jamais éprouvé auparavant.

Elle est fâchée.

Pas même content.

Mais il aimait se promener dans la ville la nuit ...

Au lendemain des nouvelles et des journaux parlent de l'histoire, une vidéo dans laquelle, vêtue de gris, elle se jette sur les criminels et s'enfuit est diffusée à plusieurs reprises sur différentes stations et sur internet.

"Les voleurs, interrogés, révèlent comment ce" fantôme gris "est sorti de nulle part et comment sa force extraordinaire lui a permis de les assommer ... maintenant les gens encouragent déjà un super-héros improbable" "Fantastic Girl", c'est le nom le plus populaire ... qui est-ce? pourquoi fait-il ça? Comment cela peut-il être si fort? Toutes les questions qui, pour le moment, n'ont pas de réponse ... "

En lisant l'article, Monica sourit, sachant qu'ils ne peuvent pas remonter jusqu'à elle.

Fantastic Girl aime ...

Bien sûr, la police va la chercher, elle est toujours quelqu'un qui ne respecte pas les lois, descendant les fenêtres des supermarchés la nuit et rendant justice toute seule ...

Il décide d'attendre quelques semaines avant de « sortir » à nouveau.

Décembre 2018 - La Capture

Cela fait quelques mois que Fantastic Girl est née.

Monica est étonnée qu'un comité externe sur le campus ait réuni une série de filles de 16 à 35 ans, d'une grande force physique, plus ou moins de la même taille et du même teint.

Le rendez-vous est sur le terrain d'athlétisme, où une file de filles est faite pour qu'une à une elles entrent et s'assoient dans une pièce, échangent quelques mots avec une dame et repartent immédiatement après.

Monica est perplexe, mais entre tranquillement dans la pièce.

Une femme dans la cinquantaine est assise sur la chaise avec un étrange téléphone portable sur la table (elle n'a jamais vu ce modèle auparavant).

Maintenant, il reconnaît la femme depuis qu'il avait été témoin de son interrogatoire pour l'épisode avec Sonia.

Après avoir observé Monica de la tête aux pieds avec un regard étrange, il lui demande des informations, son nom, son adresse, son âge, etc. ...

La dernière question la prend par surprise:

"Connaissez-vous Fantastic Girl?"

Monica est incrédule, de quel genre de question s'agit-il?

Après un moment d'indécision:

"Et bien oui, je sais qu'elle est une sorte de super-héros qui, dernièrement," regarde "la ville ..."

La dame l'interrompt.

"Eh bien, oui, en fait elle est utile pour la communauté, même si elle est toujours hors-la-loi; c'est pourquoi la police aimerait l'interroger, mais elle ne semble pas très encline à être arrêtée; c'est dommage, la police aimerait collaborer avec elle ..."

"Je comprends, mais pourquoi es-tu venu ici?"

«Eh bien, c'est simple, le peu de données que nous avons sur Fantastic Girl, c'est qu'elle est une femme, qu'elle est forte, grande, athlétique et opère dans cette région ... disons que nous prenons des données sur des héroïnes potentielles, rien à craindre. .. "

La dame regarde le téléphone portable.

"Êtes-vous une Fantastic Girl?"

Monica fait allusion à un faux sourire.

"Mais ne plaisantons pas, bien sûr que non!"

La dame regarde le téléphone portable.

"Ok Monica, tu peux y aller."

Monica est inquiète, même s'ils n'ont aucune preuve pour la localiser.

Ces derniers mois, elle a toujours été prudente.

Ses patrouilles ont été très discrètes, ce n'est que lorsqu'il a rencontré quelque chose de grave, comme des agressions, des vols, des violences, qu'il est intervenu rapidement et de manière mortelle: il ne se souvient pas du nombre de voleurs, violeurs et voleurs qu'il avait assommés avec une relative facilité.

Elle a rencontré plusieurs fois la police, dont le but était cependant de l'arrêter, mais elle s'est rapidement enfuie.

En tout cas, les policiers la poursuivaient pour parler, plus par devoir; après tout, un comme ça dans la ville leur convenait. Pour cette raison, il semble encore plus étrange qu'une "commission extérieure" se donne la peine de comprendre qui est Fantastic Girl.

Et puis cette dame semblait très, trop sûre d'elle-même.

En tout cas, elle n'aurait jamais abandonné cette vie: il y avait trop de satisfaction, trop d'adrénaline à chaque fois qu'elle enfilait ce costume.

Ces derniers mois, il a notamment intensifié son entraînement, améliorant encore plus (comme si nécessaire) sa force et, surtout, son élasticité.

Il ne savait pas que son corps pouvait aller aussi loin, il avait découvert un potentiel plus caché, développé des muscles dans des zones qu'il n'avait jamais imaginées.

Et quand elle descendait tranquillement des toits des maisons pour surprendre les criminels et les assommer, même si la prudence suggérait le contraire, elle préférait toujours être découverte, puis montrer sa force et en assommer quatre ou cinq en même temps. La stupéfaction des malheureux, leur peur et la conscience de leur pouvoir lui causent des sensations étranges, semblables à celles qu'il détestait lorsqu'il était avec Sonia ou Robert.

Ce soir était comme les autres.

Voleurs dans un centre commercial.

Il n'y a pas l'ombre d'une patrouille de police.

C'est leur moment.

Il entre et, dans l'obscurité, voit sept hommes armés.

Cette fois, ce sera difficile, mais il en a déjà fait tomber davantage avec sa force et son agilité extraordinaires.

Et ainsi cela arrive.

Apparaissant de nulle part, il prend les sept hommes au dépourvu et les assomme facilement.

Mais il n'avait pas vu le huitième, qui avait vu la scène d'en haut.

Une fléchette se colle dans son bras; personne ne l'avait jamais frappée. Après deux secondes, vous êtes déjà inconscient.

Cette nuit-là, les flics ne semblent pas reconnaître qu'ils ont "attrapé" Fantastic Girl, à tel point qu'ils discutent déjà de la possibilité de ne pas révéler qu'elle était déjà inconsciente sur le terrain pour s'attribuer le mérite et devenir des héros.

Dans tous les cas, ils la menottent et l'emmènent dans la cellule, attendant d'être interrogée le lendemain.

Monica se réveille dans sa cellule, menottée, déguisée et ... sans masque.

Elle est furieuse, mais contre elle-même. Trop confiant et léger pour jouer, trop confiant dans ses qualités de gymnastique.

Désormais, son identité sera révélée à la presse et, malheureusement, beaucoup de choses vont changer pour elle.

Je pouvais entendre les gardes se disputer.

"Après la publication des photos de Fantastic Girl, la presse diffusera l'histoire de la façon dont nous l'avons capturée; j'ai déjà appelé un ami journaliste, les photos sont dans les archives. Je suis un peu désolé pour elle; mais en attendant, après quoi qu'elle a fait pour la ville, aucun juge n'aura le courage de la condamner, pas même de payer une amende. La seule chose est que maintenant tout le monde sait qui elle est. Monica G. est Fantastic Girl, qui aurait pensé? Bien sûr, maintenant on explique force physique ...

Hé, arrête, qui es-tu? Personne ne peut entrer ici ... "

Un bruit sourd. Un coup. Un autre bruit sourd.

Sept hommes en costumes bleus entrent armés et ouvrent la cellule, pointant des armes étranges sur elle. Une fléchette la frappe et elle s'évanouit.

Le lendemain dans les journaux:

"SENSATIONNEL: Fantastic Girl s'avère être la promesse de l'athlétisme mondial Monica G., considérée par tous comme une extraterrestre pour ses dons sportifs, notamment pour sa beauté. Mais le jour de la capture, elle parvient à s'échapper d'une manière ou d'une autre, peut-être avec l'aide de complices. Le fait est qu'elle a neutralisé deux gardes et s'est enfuie. Personne ne la trouve, elle ne s'est pas présentée à l'entraînement. La police a déjà lancé l'alerte aux frontières. La vérité est qu'avant qu'elle ne devienne une héroïne aimée de tous, après avoir tué deux officiers sont coupables de meurtre ... "

QUATRIÈME PARTIE
ROBERT ET SONIA

2018 - Carrière, complicité

Qui n'a pas rêvé d'être un agent de la CIA?

Dans l'imaginaire collectif, ce sont eux qui sont décisifs pour des événements d'importance vitale comme le terrorisme, les tentatives d'attentats, etc.

Dans les films, par exemple, vous n'avez même plus besoin d'en parler.

Des agents, hommes ou femmes préparés à tout, plus doués physiquement et intellectuellement que d'autres, moralement inflexibles et fidèles à leur patrie.

Malheureusement (ou heureusement, selon votre point de vue) les choses sont très différentes dans le monde réel.

Le «groupe», en premier lieu, n'a pas de nom et n'est pas connu des gens ordinaires.

Bien sûr, la CIA existe, elle fait beaucoup des activités que vous voyez dans les films.

Mais celui qui contrôle vraiment tout ne peut pas être là à la vue de tous.

Et quiconque y travaille est tout sauf moralement incorruptible, en effet, le contraire est recherché.

Mais revenons en arrière.

2017 - Recrutement

Sonia n'est pas déprimée, elle est "en attente", en attente d'une situation favorable.

Après le non-sens avec Monica, les gens, contrairement à la célèbre athlète de la ville, l'évitent.

Pas un jour ne passe sans maudire ce foutu jeudi où il a décidé d'inviter Monica.

Bien sûr, ce jour-là, il a également vécu la plus grande émotion de sa vie ...

Compte tenu de la discrimination dont elle est victime, elle a également dû lutter pour trouver du travail; c'est pourquoi elle est émerveillée par l'interview donnée dans une salle de conférence du meilleur hôtel de la ville; il ne sait pas ce que c'est ni le nom de l'entreprise.

«Bonjour Sonia»

"Salut".

Une femme dans la cinquantaine la salue avec confiance, avec une étrange lumière dans les yeux.

"Qu'est-ce que ça fait d'être considérée comme une lesbienne sadique perverse par les citoyens?"

"Je ... je ne ..."

"Oh, Sonia, il est inutile de le nier. Écoutez, j'étais présent au moment de la plainte, quand j'ai découvert la nature de la plainte, j'ai couru dans cette ville et assisté à votre interrogatoire. Écoutez, vous avez été très habile à nier et à inventer cela histoire. que VOUS avez rejeté Monica et qu'elle vous a frappé. Mais j'avais ceci ... "

Un objet similaire à un téléphone portable.

"Tu vois, cet objet indique sans possibilité d'erreur si une personne ment ou non ... et Monica ne mentait pas, je t'assure"

Sonia était en colère.

"Ecoute, je ne sais pas ce qu'il veut de moi, ces misérables tromperies me laissent indifférent; son histoire ne tient même pas debout; si c'était comme il le dit, il aurait dû intervenir et m'arrêter après un interrogatoire, au lieu de laisser tomber l'affaire faute de preuves "

"Et pourquoi devrais-je le faire?"

"Mais ... je suis désolé, n'est-ce pas de la police? Qu'est-ce que tu veux de moi?"

"Mettez-vous à l'aise fille, maintenant je vais vous dire qui je suis et ce que je veux; je suis très intéressé par vos connaissances en génétique, au fait ... ah, parlez-moi de vous"

En une trentaine de minutes, tout se clarifie.

Le groupe contrôle le destin du monde. Il le fait d'une main invisible. Les fonds et les installations qu'il possède sont secrets. Comme les technologies avancées dont ils disposent, y compris le "téléphone de vérité" vu ci-dessus. Outre des agents disséminés dans le monde, il dispose d'un centre de recherche divisé en plusieurs départements: ingénierie, physique, génétique.

Le Centre de biologie / génétique s'occupe des expériences humaines de divers types. Grâce au métissage risqué, à la chirurgie, à l'électrochoc, le groupe a réussi à créer le soldat parfait, à partir de l'être humain: ce sont des hommes et des femmes en parfaite santé qui ont grandi depuis leur naissance en laboratoire, mais avec une caractéristique fondamentale: l'obéissance. aveugle au supérieur; dépourvu de volonté et de désirs différents de servir le groupe.

Au centre, de nombreuses études, toujours expérimentales, sur la fatigue, la résistance à la douleur, l'instinct sexuel. Ces expériences sont menées, uniquement à des fins cognitives et en attendant les développements futurs, sur des pauvres pauvres.

Les cobayes sont sélectionnés avec soin: des humains des deux sexes, d'âge légal, sains et robustes dans la mesure du possible pour résister à divers «traitements». On choisit principalement des athlètes, des soldats, des spécimens physiquement forts, voire des prisonniers ou des prostituées. Les chanceux sont utilisés pour la reproduction et forcés de s'accoupler avec d'autres «recrues» à plusieurs reprises. D'autres sont utilisés pour les tests de fatigue. Le plus malchanceux pour les tests de seuil de douleur. Certains spécimens particulièrement attractifs sont «saisis» par la direction et utilisés pour le plaisir du personnel.

Des soldats parfaitement créés sont utilisés pour le «recrutement», des soldats infaillibles qui réussissent à réaliser des enlèvements avec maîtrise. Les sujets sont choisis parmi les échelons supérieurs de l'organisation, dont la femme mystérieuse fait partie.

Les directeurs de centre vieillissent et ont du mal à suivre la technologie. Une rénovation s'impose.

La direction a sélectionné Sonia pour deux caractéristiques essentielles: les connaissances biologiques et génétiques et son manque d'humanité.

"Chère Sonia, je sais que maintenant tout vous semble irréel. Sachez que si vous êtes l'un de nous, vous nous consacrerez votre vie. Vous n'aurez pas besoin du salaire car vous vivrez dans la structure. Mais la meilleure récompense sera, pour vous, un espace entièrement équipé pour votre expériences, avec tant de cobayes humains et modifiés à votre disposition. Je sais que vous aimez ça, n'ayez pas honte. Nous vous avons espionné pendant que vous jouiez à vos "jeux" avec les animaux. Venez ici à la même heure demain, si vous êtes l'un de nous. Si nous ne vous voyons pas, cela signifie que vous n'êtes pas intéressé et nous effacerons votre souvenir de cette rencontre ... oui, bien sûr que nous pouvons. Si vous venez avec nous vous disparaîtrez et pour vos connaissances vous n'existerez plus. La dernière chose: nous ne voulons pas avoir le monde entre nos mains Nous voulons simplement vérifier que personne n'a le pouvoir absolu. Cela nécessite des sacrifices,même des vies innocentes.

Au revoir, ou plutôt à bientôt, Sonia.

Ah, je suis membre 231, demandez-moi "

Sonia passe une nuit sans sommeil. Il a déjà décidé d'accepter, mais il veut profiter de son «pas d'au revoir» à ses parents, à ses connaissances, en pensant à quel point il se soucie d'eux tous; son seul regret: remettra-t-il jamais la main sur Monica? Qui sait?

Dans tous les cas, il disparaîtra sans bruit ...

Le lendemain, il arrive au rendez-vous avec un sac à dos rempli de ces quelques choses utiles pour une femme.

«J'espérais vous revoir, Sonia. Si vous avez des vêtements dans votre sac à dos, je vous dis que ce ne sera pas nécessaire, vous trouverez tout ce dont vous avez besoin dans nos bureaux»

"D'accord"

"Faites-moi confiance, si vous vous comportez, vous serez récompensé par l'intérêt ..."

Sonia ne comprend pas le sens de la phrase, mais elle monte, sans hésitation, dans un hélicoptère.

Le siège du centre de recherche semble être au milieu de la mer.

Sonia panique presque lorsque l'hélicoptère descend au large.

Soudain, après une communication radio du pilote, une île se révèle à ses yeux.

Sonia est sans voix.

"Dispositifs de camouflage, Sonia. L'île peut aussi être fermée et submergée par précaution lorsque la route est traversée par un navire, mais cela s'est produit une fois au cours des trente-huit dernières années ..."

Une île de rêve, aussi grande qu'une métropole.

Beaucoup de végétation et d'espaces verts.

Une structure imposante peut être vue, où l'hélicoptère se dirige.

En zoomant, on peut voir des gens en uniformes bleus pointer des armes étranges sur des hommes et des femmes à moitié nus qui courent sur une route clôturée à une vitesse vertigineuse.

"Vous voyez, les bleus sont des humains génétiquement modifiés; ils ont déjà reçu l'approbation catégorique pour obéir sans condition. En ce moment, les cobayes font un test de résistance aux médicaments pour voir les effets à long terme de la substance; ici, à la place, il y a les résidences pour l'administration, dont vous ferez partie à partir d'aujourd'hui; il n'y a que six personnes pour gérer et diriger le centre, les autres sont des humains modifiés ou des cobayes. Je donne les ordres aux six, J'examine l'état d'avancement de l'enquête et j'informe mes supérieurs. "

Sonia rencontre les six autres membres: George et Rachel, proches de la retraite, responsables respectivement des parties électronique / informatique et biologique / génétique (dont Sonia s'occupera). Les autres membres sont en charge de la logistique, des finances et des approvisionnements.

"Sonia, tu travailleras aux côtés de Rachel pendant un mois, après quoi elle profitera de sa retraite bien méritée et de toi ... ta mission bien méritée."

Sourire.

Vous avez déjà un peu de pratique.

Le premier jour après l'avoir «embauchée», Sonia se familiarise avec les procédures et l'équipement. Rachel lui rappelle un peu d'elle-même dans la façon dont elle gère les cobayes, froide avec un sourire diabolique.

Il est étonné de voir à quel point tous ses fantasmes diaboliques sont une simple réalité à cet endroit.

Regardez avec fascination une femme noire enchaînée à un mécanisme rotatif, complètement nue au soleil.

Les attaches sont tirées pour que le cobaye soit en tension. L'opération est complétée par des humains modifiés; à ce stade, Rachel intervient.

«Après l'opération, comme il sera réduit à un état semi-végétal, il sera utilisé pour d'autres tests. C'est dommage, j'aurais aimé l'avoir fait sans le traitement, mais c'est la procédure. J'aurais aimé voir comment il réagissait dans toutes ses facultés, il a un caractère rebelle, que j'aime tant. Mais il faut être patient.

La mer est pleine de poissons ...

Il avait été sélectionné pour le test que nous effectuons ce cobaye noir. Carla, c'est son nom, une athlète cubaine de 21 ans qui court 100m, 200m et pratique également le saut en longueur, une athlète à grand potentiel, comme on peut le voir dans son corps. Même si elle n'a toujours pas eu la chance d'être célèbre, apparemment "

Sonia observe et écoute avec une attention morbide la nature du test.

Le cochon d'Inde a été immobilisé au soleil, attaché à cet appareil qui fonctionne comme une «broche». Sa fréquence cardiaque a été surveillée avec des électrodes que Rachel appliquait sur différentes zones et sa température avec des sondes placées dans son vagin et son anus.

De cette façon, vous pouvez voir comment le cochon d'Inde réagit à l'exposition au soleil.

Le test est effectué sur des hommes et des femmes de races et d'âges différents pour obtenir des données statistiques.

Rachel admire le corps de Nadia: grand, mince, musclé, sans un soupçon de graisse et malgré tout, avec des seins assez gros. Ses mains et ses pieds étaient liés en forme de X; la tension des cordes faisait ressortir ses muscles.

Bien sûr, ses traits n'étaient pas jolis, pas très féminins, et de toute façon, même en tant que physicienne, elle ne pouvait pas se comparer à Monica ... ahhh Monica, quels souvenirs, qui sait où elle est maintenant?

Sonia arrête de penser à Monica et regarde Rachel appliquer froidement les électrodes et les sondes.

Ils sont sur le point de partir, mais Sonia reste encore quelques minutes pour observer la femelle nue et attachée au soleil, et le fonctionnement du mécanisme qui la fait tourner lentement.

Lorsque les premières gouttes de sueur se forment, il passe un doigt le long de ses aisselles, comme pour chatouiller Carla, qui cligne des yeux, une envie instinctive de se libérer. La chose l'amuse, alors il répète l'acte en la touchant sous les pieds, sur l'abdomen, sur la poitrine. C'était intéressant de voir comment les abdominaux se démarquaient même si elle était "serrée".

Rachel sourit.

"Allons, Sonia, nous devons terminer les tests d'aujourd'hui, vous aurez le temps de vous amuser après le travail"

Eh bien, elle aurait pris plus de temps, elle n'aurait pas été dans une telle "précipitation".

En fait, elle avait remarqué que Rachel ne passait pas beaucoup de temps avec les filles. Il préférait s'attarder sur les mâles, il les touchait beaucoup, sans aucune honte, après tout, c'étaient des cobayes.

La journée se poursuivait avec régularité, Rachel lui expliquant de plus en plus le travail.

La nuit, les cobayes sont emmenés dans des cellules séparées et nourris.

La direction se retire dans la résidence, équipée de tout le confort.

Le dîner servi par des humains modifiés est délicieux.

Sonia s'intègre facilement dans le groupe.

Le membre 231 porte un toast au nouveau venu.

"Il est maintenant temps de se retirer dans nos annexes. Et bien, chacun s'amuse comme il l'entend ..."

Un rire malicieux, dirigé vers Sonia.

Rachel accompagne Sonia dans les chambres.

"Qu'est-ce que ce rire signifiait à propos du plaisir? Je ne comprends pas ..."

"Viens, Sonia, maintenant je vais t'expliquer."

Il l'emmène dans une aile privée de la salle de détention.

«Voici les cobayes que nous avons choisis pour notre« divertissement »; ce sont bien sûr les spécimens les plus attractifs. On peut faire ce qu'on veut avec eux, avoir des relations sexuelles, les torturer ou simplement les garder enchaînés dans la pièce pour les admirer ».

Sonia observe une vingtaine de cellules.

Le logisticien, un homme dans la quarantaine, gros, chauve, se rend dans la cellule d'une mulâtre. Avec un clin d'œil à un homme humain modifié, il entre dans la cellule, armé.

"Ce soir c'est à ton tour mon ami; déshabille-toi complètement"

Le cochon d'Inde, la terreur dans les yeux, se déshabille. C'est une jeune femme mulâtre, avec deux beaux yeux verts. Son physique est imposant, près de deux mètres de haut, des jambes fuselées et musclées, des seins fermes et naturels, un corps fabuleux.

Sonia se tourne vers Rachel.

"Qui est-ce?"

"Une danseuse de vingt-deux ans. Nous l'avons choisie parce qu'elle vivait dans une petite ville et c'était très facile de la chercher; en plus elle est belle et physiquement douée, bien sûr. Ce soir, c'est à son tour de supporter Paul: c'est un sadique, il aime utiliser le fouet. Il est très efficace pour causer de la douleur sans laisser de dommages permanents. Dans tous les cas, les cobayes que vous avez "utilisés" devraient se reposer pendant quelques jours avant d'être réutilisés. Regardez ... "

Un appareil rectangulaire fonctionnant avec de petites roues est introduit dans la cellule; la victime était attachée en forme de X par les mains et les pieds. Elle pleure. De toute évidence, elle sait à quoi s'attendre.

Paul entre lentement examine sa proie, l'embrasse, la touche, la renifle.

"Ça sent un peu, qu'est-ce que tu lui as fait faire aujourd'hui?"

"Dix miles de natation le matin et cinquante miles de course l'après-midi."

"Avec raison"

Il prend une bouche d'incendie et la dirige vers le cochon d'Inde. Un jet d'eau froide la frappe violemment. Puis Paul la savonne à fond, insistant sur les seins et les parties intimes, alors qu'elle tente en vain de se libérer, regardant le petit homme avec mépris et terreur.

Quand tout est fini, il la rince et ordonne aux humains modifiés de porter le chariot avec la danseuse attachée dans sa chambre.

Rachel se dirige vers l'aile des hommes.

Il s'arrête devant la cellule d'un garçon blond musclé. Il s'agit d'un « partenaire » suédois, qui a eu le malheur d'avoir Rachel comme client, qui, le trouvant particulièrement attractif, a persuadé le membre 231 de le « recruter ».

La procédure est similaire, bien qu'il soit enchaîné avec ses sous-vêtements toujours en place.

Rachel invite Sonia à participer.

Le garçon est grand et musclé. Les deux femmes le regardent comme un animal. Ce jour-là, il a subi un traitement d'électrostimulation intensif dans tout son corps.

Sonia se déplace derrière lui et passe ses ongles pointus dans son dos, provoquant des explosions instinctives chez le garçon. Il aime voir les muscles se contracter avec son toucher. Il réévalue la possibilité de torturer les hommes, tout en préférant les femmes.

Rachel rejoint Sonia, et avec des mains expertes, ils commencent à le taquiner et à le grignoter de tous les côtés.

Le garçon est encore en sueur à cause de la fatigue de l'après-midi, mais Rachel préfère ne pas le laver; il les aime quand ils sont un peu en sueur.

Lorsque les deux femmes se tiennent devant lui et que Rachel commence à le lécher la poitrine, Sonia remarque un renflement indéniable dans les sous-vêtements du garçon.

Rachel n'est pas une belle femme, dans la cinquantaine, mais la façon élégante dont elle est habillée et ses talents de manipulatrice excitent l'étalon suédois. Sonia, prise comme par extase, excitée, mais en même temps indignée, lui donne une violente gifle et l'attrape par les cheveux.

"Comment osez-vous, sale animal, avoir une érection? On ne vous a pas appris les bonnes manières. Est-ce la façon de traiter une femme? Maintenant, je vais vous donner une fessée jusqu'à ce que l'envie disparaisse ..."

Rachel l'interrompt.

"Hé, calme-toi; c'est MON jouet, ne l'oublie pas; maintenant je vais le faire emmener dans ma chambre ..."

"Mais ... mais ... ok, désolé; c'est juste que j'ai eu l'impression qu'il s'amusait trop et donc ..."

"Ecoute Sonia, tout le monde n'est pas si sadique. J'aime les taquiner, les torturer un peu. J'aime souvent les allumer, les masturber jusqu'à l'orgasme puis m'interrompre immédiatement avant. Tu devrais voir comment ils mendient, je pense que pour eux c'est un des plus grandes humiliations. Mais parfois je les fais venir. Avec qui ça vaut le coup ... eh bien ici ... j'ai aussi des relations. Maintenant ne sois pas offensé, mais je vais me retirer dans ma chambre avec lui. Tu peux choisir qui tu veux, Ici, les seules règles obligatoires sont: NE JAMAIS les détacher, ne pas les endommager définitivement, ne pas les tuer.

Hé, emmène le Suédois dans ma chambre.

Viens Sonia, je veux voir ce que tu choisis "

Sonia marche dans l'allée en voyant de nombreux spécimens mâles de différentes races, tous très grands et attrayants.

Mais il se concentre sur l'aile féminine.

"Hmm ... J'aurais dû comprendre qu'il préférait les femmes," pensa Rachel en souriant.

Il y avait beaucoup de filles et très attirantes; une avec les cheveux et les yeux noirs et le corps d'un mannequin lui rappelle vaguement Monica, même si elle était plus vivante, plus forte et plus belle; une beauté malheureusement inaccessible, au grand regret de Sonia.

Puis quelque chose me vient à l'esprit.

"Rachel, où est le nageur norvégien?"

"Eh bien, elle est en traitement en ce moment, tu ne peux pas l'emmener dans la chambre ..."

"Non, ici ... j'aimerais juste la voir"

"D'accord"

Ils marchent quelques étages sous terre et arrivent dans une pièce contrôlée par une dizaine de gardes.

La porte s'ouvre.

Le Norvégien est immobilisé dans un lit en forme de X, avec des sangles aux chevilles, aux cuisses, à la taille, au cou, au front, aux biceps et aux poignets.

Il a une combinaison blanche. Différents fils sortent de la combinaison dans différentes parties du corps.

«Regardez, ce traitement vise à la faire souffrir longtemps, mais sans lui causer de dommages physiques; pour cela le rythme cardiaque et la température sont surveillés; si les valeurs deviennent critiques, la torture électrique s'arrête, la laissant au repos; il y a un caméra filmant tout, une partie de la vidéo sera diffusée aux cobayes en guise d'avertissement.

A ce moment, comme je le vois sur l'ordinateur, le cobaye vient de subir un cycle continu de 47 minutes, comme on peut le voir dans ses respirations lourdes; dans une demi-heure je devrais recommencer "

"Ici ... Rachel, j'aimerais rester ici et te regarder pendant un moment; je ne ferai rien, je vais regarder comment l'ordinateur gère les chocs électriques."

"Eh bien, Sonia, tout le monde a ses propres goûts, c'est ton droit"

"Je voudrais te demander quelque chose ..."

"Dîtes-moi"

"Ici, je voudrais la déshabiller ... puis-je?"

"Ah, j'aurais dû deviner, à quel point il est bâclé; disons simplement que le costume qu'elle porte n'a pas de fonction spécifique. Elle ne se déshabille pas parce que le but de ce traitement est punitif, pas pour notre plaisir. Ok, vous pouvez agir comme vous voulez; humains modifiés sont à votre disposition, pensez à les laisser faire les opérations d'immobilisation, après avoir dit que vous pouvez jouer avec le cobaye comme vous le pensez, le traitement est automatique. Que puis-je dire, bonsoir, j'ai un Suédois à moitié nu et excité qui m'attend et ce soir je me sens inspiré, mmm ... je pourrais le faire passer par la machine à chatouiller ... un jour je te le montrerai, Sonia. A demain matin. "

Sonia ne voit même pas Rachel partir, elle regarde avec morbidité le Norvégien depuis quelques minutes.

Maintenant, il est seul avec elle; des gardiens sont à votre disposition à l'extérieur du portail.

Vous voulez profiter de ces moments lentement.

«Je ne connais même pas ton nom de salope; Rachel a raison de se sentir désolée pour toi. Ton regard en colère dénote un tempérament qui n'abandonnera pas. Et tu es sûrement assez forte pour briser les menottes en acier, même si elles sont défectueuses, et assommer plusieurs humains modifiés armés; même habillé comme maintenant, je peux voir que vous êtes mince et fort; mais nous allons le réparer immédiatement, je vais commencer à enlever votre haut ... "

Le traitement a commencé il y a moins d'un jour, donc la fille est toujours à pleine capacité.

Elle a un visage joyeux avec des taches de rousseur, des yeux bleus et une belle couleur sur ses joues.

Quatre gardes entrent et disent à Sonia de s'éloigner, par sécurité.

"Il suffit d'enlever le haut pour l'instant, merci ..."

Les gardes, avec les précautions nécessaires, décompressent la combinaison et retirent la sangle autour de la taille, soulevant la combinaison au-dessus de la poitrine; la fille a encore un t-shirt blanc; peu importe, le plaisir durera. Ils attachent la ceinture étroitement autour de la taille.

Maintenant c'est aux biceps, ils soulèvent la combinaison jusqu'aux poignets, laissant les bras découverts; Comme ses biceps sont maintenant libres, il se tord fortement; Bien qu'ils soient encore totalement immobilisés, les quatre gardes ont du mal à refixer les sangles cette fois sur la peau nue.

L'opération analogue sur les poignets est effectuée, par sécurité, séparément entre la droite et la gauche.

Sonia comprend désormais pourquoi les précautions ne sont jamais excessives.

"Ils nous ont laissé ..."

Examinez à nouveau le cochon d'Inde.

Dans le costume, il ne pouvait pas dire à quel point ses bras étaient musclés et toniques.

Rien à voir avec Monica, mais elle se rapprochait; La particularité de Monica était qu'elle était splendide en tout. C'était toujours beau, mais c'était légèrement disproportionné par rapport aux autres parties du corps, comme l'abdomen, qui, bien que doux et musclé, n'était pas comparable à la masse des bras. Trouver un seul défaut avec Monica était difficile, mais pas impossible.

La fille, au teint très clair, est baignée de sueur, sa poitrine se soulève et descend rapidement en prévision d'un traitement immédiat.

Une sangle reliée à plusieurs ampoules était attachée à sa bouche, l'empêchant de parler; c'était probablement le moyen de la nourrir, puisque le traitement durait au moins une semaine. Électrodes aux poignets.

Il y a des fils qui sortent du débardeur sur la poitrine; vous pouvez voir une bande qui s'enroule autour de la poitrine, couvrant les mamelons.

Sonia commence à caresser le cochon d'Inde sur le visage, sur la poitrine, sur l'abdomen, ressentant la fermeté des biceps. Vous décidez d'enlever le débardeur pendant qu'il est ligoté. Elle le retire de son pantalon de jogging, le glisse sous sa ceinture avec difficulté, exposant ses magnifiques seins lancinants. Des électrodes ont été placées sur la poitrine à la fois pour contrôler le rythme cardiaque et pour induire des chocs électriques.

Il le sent, il transpire.

« Tu as un très joli petit corps, tu sais, salope ?

Il la lèche sur le nombril.

"Tu es salé ... je t'aime bien"

Le cochon d'Inde a une impulsion rebelle: non seulement devra-t-il souffrir indiciblement pendant une semaine, mais maintenant il doit aussi souffrir des dépravations de cette lesbienne ?

Il laisse échapper un grognement mixte de colère et de frustration et tire sur les sangles.

Il regarde Sonia avec haine et défi.

"Je vois que vous avez encore beaucoup de force. Gardes! Votre pantalon, enlevez-le complètement."

Les gardes sont désormais six, les opérations sont effectuées lentement et avec précaution, à l'aide de sangles supplémentaires.

Opération terminée.

Sonia comprend pourquoi les six gardes: les jambes ont une masse musculaire impressionnante.

Dans la zone anale et vaginale, des tubes sont insérés et stratégiquement fixés afin que le cobaye puisse remplir des fonctions physiologiques pendant le traitement.

Autres électrodes appliquées aux chevilles.

"Garde, je vois que le lit a un mécanisme, puis-je écarter les jambes plus largement ?"

"Bien sûr"

Le garde agit sur des engrenages qui prolongent les pattes du cobaye presque perpendiculairement au torse.

L'élasticité de la fille est impressionnante.

Sonia, debout entre les jambes du cochon d'Inde, les mains posées doucement sur ses cuisses nues, fixe sa proie. Elle caresse ses jambes alors qu'elles se contractent instinctivement pour tenter de s'échapper et la regarde dans les yeux.

«Pensez-vous toujours à me défier?

Dit Sonia en se penchant pour embrasser son nombril et son abdomen à divers endroits.

Avec une lenteur glaciale, il quitte cette position tentante pour se déplacer derrière elle, gardant toujours un doigt en contact avec son corps et le faisant glisser de manière sensuelle.

Le cochon d'Inde est furieux et essaie de dire quelque chose à travers le bâillon dans une langue inconnue de Sonia.

Maintenant Sonia est derrière elle et, posant ses mains sur le biceps du cobaye, elle commence à embrasser sensuellement son front, ses joues, son cou et ses oreilles.

En même temps, il glisse ses mains sur les aisselles, les seins, les masse avidement et teste leur fermeté.

Le cobaye se plaint en signe de protestation en essayant de dire quelque chose.

Sonia revient à ses côtés et la regarde en souriant.

"Hé, qu'est-ce que tu as à dire? Je ne parle pas ta langue. Tu sais quoi? Je suis généralement plus sadique, moins gentille, mais ... le fait que je te suce, je suis désolé, te rend instinctivement rebelle à mes contacts et ça me rend l'aime tellement ... "

et passe à nouveau ses mains sur l'abdomen et les seins.

Soudainement, l'ordinateur émet un son étrange semblable à une alarme.

Les yeux du cobaye sont maintenant remplis de terreur et ils partent à la recherche de Sonia pour une aide désespérée. À partir de ces détails, Sonia comprend que le traitement recommence.

Au départ, il émet un cri d'une rare intensité, mais se fige dans la gorge au bout d'une seconde. L'intensité de la torture est telle que le cochon d'Inde ne peut émettre de son.

Sonia observe l'animal avec intérêt. La torture reste constante pendant quelques secondes dans tout le corps, puis alterne avec une intensité variable, dans certaines zones, pour permettre un temps de récupération physiologique et ne pas réduire trop la sensibilité à la douleur.

Lorsque les jambes sont stimulées, Sonia peut à peine ressentir visuellement un tic, une contraction permanente des quadriceps du cobaye; par conséquent, il est remis entre les jambes et met les mains sur les cuisses. Au moment où le choc commence, vous ressentez beaucoup plus la contraction des muscles qui les touchent, malgré la position des jambes et les sangles serrées.

Maintenant, le téléchargement va ailleurs.

Poussée par un instinct de «compassion», elle s'approche de son pubis avec sa bouche, gardant ses mains sur ses cuisses et les caressant.

Sa langue glisse où elle le peut, entre sondes et électrodes, stimulant cette partie sensible. Cris de protestation de la victime.

Maintenant, regardez le haut du corps. Lorsqu'il est frappé par le choc, il contracte les pectoraux, les biceps et les abdominaux d'une manière non naturelle en même temps. Sonia peut voir la beauté de ses muscles, scintillant de la sueur du cobaye.

Pendant vingt-cinq minutes, il aime regarder la souffrance de la fille et admirer son corps athlétique en même temps.

De temps en temps, il passe ses mains gourmandes sur sa peau pour la caresser sadiquement, parfois la pincer, parfois la sentir sensuellement.

Lorsque la poitrine est «au repos», les contractions diminuent, mais immédiatement la poitrine recommence à monter et à retomber convulsivement. Entre ces moments, Sonia continue de savourer le corps de la victime en le léchant et en le sentant.

Enfin, à cheval sur sa cuisse, alors qu'un choc frappe sa poitrine, lui lèche le nombril et la mord, trouvant dans cet acte un plaisir qu'elle n'a pas ressenti depuis longtemps, précisément depuis qu'elle avait vu Monica, sur le poteau, en le gymnase.

Lorsque le traitement s'arrête, Sonia se rassemble, passe une main sur l'abdomen et les seins de la fille, notant que ses yeux sont désormais sans expression, bien qu'ils conservent cette touche de colère et de frustration que Sonia aime tant. De toute évidence, le traitement commence à fonctionner.

"J'ai aimé t'avoir à ma façon, salope. Je pense que je vais te rendre visite ces jours-ci."

Un baiser sur les joues.

«Gardes, habillez-la bien.

Un vieil ami

Il est temps pour Rachel de dire au revoir.

Sonia est un peu désolée, elle était de plus en plus friande, mais Rachel la rassure.

"Ne t'inquiète pas, je vais te rendre visite de temps en temps pour m'amuser; j'ai l'œil sur un garçon cubain, un geôlier qui n'est pas mal du tout, tout naturel ..."

Maintenant Sonia est aux commandes.

Le membre 231 est présenté à son bureau comme ordonné.

Il la félicite, explique comment son insertion a été plus que satisfaisante.

En parlant de la situation sur l'île, il s'avère que George prend sa retraite, mais a du mal à trouver un remplaçant digne.

L'esprit de Sonia plonge dans ses souvenirs et quelqu'un lui vient immédiatement à l'esprit ...

"Membre 231 ... ici, je voudrais suggérer le nom d'une personne ..."

Robert, après une profonde déception avec Monica, tombe dans un état de profonde dépression.

Le malheur du lac est connu de pratiquement tout le monde. Celui avec la cascade un peu moins.

Les entreprises qui vous ont contacté cessent de vous chercher. Les parents font pression sur lui en ignorant ses sentiments.

Les sentiments pour Monica cèdent peu à peu la place à la haine.

Robert cultive une haine profonde pour celui qui l'a rejeté.

De plus, ce coup de pied dans la région génitale, auparavant peu vigoureux et quelque peu «inutile», le rendait désormais presque incapable d'avoir des relations sexuelles. Par conséquent, étant incapable d'avoir des relations sexuelles normales en raison de l'insécurité, il concentre sa sexualité sur le sadisme.

Internet vous favorise beaucoup dans ce domaine. Dans tous les cas, il paie généralement des prostituées qui se laissent ligoter pour satisfaire son instinct. En dominant et en liant ses victimes, il atteint le plaisir.

Ce qui est arrivé à Sonia est maintenant vu avec envie et dégoût.

Fondamentalement, il se rend compte que la seule façon pour LUI d'avoir une femme est de le faire contre sa volonté. Et comme il n'est pas très doué physiquement ... le seul moyen, vous savez ce que c'est, le cercle se rétrécit.

Il est toujours un génie tacite, mais avec quelques plaintes de certaines putes qui ne sont pas très accommodantes en ce qui concerne les fantasmes BDSM, ils font de son CV pas le meilleur.

Et il doit trouver du travail.

Il se rend à la énième interview presque avec résignation.

La dame de cinquante ans vous souhaite la bienvenue dans son bureau.

"Robert, vous voilà enfin. Nous devons améliorer notre division de recrutement, et s'il est vrai que nous étions sur le point de perdre un élément comme vous ... ce n'était pas grâce à ... VOUS."

Sonia se révèle.

Il a changé.

En plus d'avoir grandi, elle a également l'air plus détendue et heureuse que la Sonia qu'elle avait rencontrée.

Ils se serrent la main.

"Robert, tu as grandi, mais tu n'as pas beaucoup changé ..."

Sonia raconte à son amie toutes ses vicissitudes, des épisodes avec Monica, au recrutement, au groupe, à son travail, en passant par la façon dont elle parvient à ressentir du plaisir et de la satisfaction maintenant.

Robert est incrédule, mais décide d'accepter.

Il sera responsable de l'informatique, des capteurs et de l'électronique du Centre.

Le jour de la colonie, son étonnement de voir l'île est génial, Sonia sourit en pensant au moment où elle avait essayé les mêmes choses.

Tous les tests d'alarme, de contrôle, de vidéosurveillance, de machines sont expliqués à Robert.

Ses compétences en informatique, ainsi que ses connaissances en mécanique, stimulent en lui diverses idées, qu'il mettra bientôt en pratique.

George est un enseignant patient et méthodique.

Après une introduction générale, Robert visite l'espace «formation», en particulier la piscine.

La piscine est visiblement plus longue qu'une piscine olimpic régulière, plus profonde et avec un rebord de trois mètres de haut, ce qui empêche les cobayes de s'échapper.

Robert regarde la procédure avec fascination: les cobayes en maillot de bain s'approchent de la piscine, les mains liées derrière le dos et les chevilles reliées par une longue chaîne de quatre pouces (pour donner une possibilité minimale de mouvement). Les électrodes sont placées sur la poitrine (pour les femmes sous un maillot de bain une pièce) et attachées autour de la poitrine. Un moniteur suit votre pouls. Ils sont suspendus la tête en bas avec un treuil, leurs mains puis leurs pieds sont relâchés, ce qui les fait entrer dans l'eau. Aujourd'hui, ils sont soumis à un test d'endurance longue distance.

"Mais comment pouvons-nous être sûrs qu'ils font de leur mieux?"

"Oh, tu vois, Robert - intervient Sonia, qui est actuellement sur les moniteurs - c'est simple: ce dernier est soumis à un test douloureux (mais fondamentalement inoffensif) de résistance à la douleur; le premier est laissé 'au repos' pendant quelques jours ... bien sûr, nous ne voulons pas que les mêmes personnes souffrent, donc nous donnons généralement aux plus faibles un avantage chronométrique basé sur les derniers tests ... disons simplement que c'est beaucoup à notre discrétion; l'important est que ces bêtes stupides ils ne s'en rendent pas compte et ils poussent toujours au maximum "

Robert est surpris par la confiance de Sonia par rapport à il y a quelques années; maintenant il est en charge de la division génétique; mais il semble certainement avoir maintenu cette froideur qui l'a toujours caractérisé.

Les hommes commencent leur test qu'ils commencent séparément, afin que les données chronométriques puissent être "fixées" sans difficulté.

C'est maintenant au tour des femmes.

Robert remarque immédiatement les préférences de ses collègues; Parmi les femmes, Sonia est la seule à avoir une prédilection pour les cobayes et ne semble pas en avoir honte. Parmi les hommes, seul un certain Paul, petit homme maladroit, semble s'amuser à égalité avec les deux sexes. Il l'entend s'adresser à Sonia en disant: «Ce soir, ça ne me dérangerait pas d'emmener le Cubain et le danseur dans ma chambre et de les fesser ensemble; ah, pour le test que j'aimerais avoir le Cubain, il a essayé de se rebeller quand je l'ai touché... tu comprends? "

Sonia hoche la tête avec désintéressement.

Robert est frappé par un nageur: cheveux bruns, yeux bruns de chat, physique imposant mais élancé.

«Qui est-ce, George?

"Ah, Gabriela! C'est une athlète italienne complète (natation, course, lancer du poids) qui est arrivée il y a deux semaines. Nous allons faire plusieurs tests physiques, pour voir où elle fait mieux, même si compte tenu de sa beauté, elle pourrait aussi être incluse entre le "divertissement", qui sait "

Robert regarde les humains modifiés le positionner pour le transporter dans l'eau avec le mécanisme. En s'accrochant, il fait allusion à un mouvement instinctif pour se lever et contracter ses magnifiques abdos. Une fois dans l'eau, au départ, il démarre avec une vitesse et une puissance impressionnantes; sa musculature correspond presque à celle de Monica, bien qu'il reste un cran en dessous.

"George ... je pense ... j'ai une demande ..." ˙

"Ah, je le savais! Cela a attiré votre attention tout de suite, non? Eh bien, ce n'est pas encore compté parmi les 'divertissements', mais puisque vous êtes nouveau nous ferons une exception, je demanderai à Sonia de la laisser gagner, de la garder reposée demain la nuit, et faites la demande spéciale au membre 231. "

La journée se passe bien.

Le premier dîner sur l'île est également positif pour Robert, beaucoup aidé par Sonia, qui le met très à l'aise.

Lorsqu'il s'agit de choisir les «victimes» pour la nuit, Robert a déjà une demande particulière.

"Eh bien George, membre 231, tous ces cobayes sont très beaux et je les apprécierai certainement. Mais j'aimerais passer ma première nuit avec Gabriela, l'athlète italienne, mais comme elle ne sera disponible que pour demain, aujourd'hui je voudrais 'visiter "à chacun de vous, comme ça, juste pour comprendre vos goûts et comment fonctionne le" divertissement ", toujours si cela est autorisé ... et avec vous aussi, membre 231, je serais intéressé de voir ce que vous aimez"

Les collègues acceptent volontiers.

Le premier qu'il voit est son tuteur, George.

Une jeune blonde plantureuse (une prostituée allemande) est attachée à son lit à moitié nue, George apporte une charrette avec de la glace, de la nourriture de toutes sortes, du vin près du lit. Il aime évidemment avoir des relations traditionnelles, avec quelques variations liées à la nourriture et, évidemment, aux précautions nécessaires qui nécessitent l'immobilisation des cobayes.

Son amie Sonia a un sprinter noir dans sa chambre. Elle est nue, attachée en X verticalement et légèrement surélevée du sol. Sonia applique des électrodes sur tout son corps.

"Est-ce que ça te rappelle quelque chose, Sonia?"

Silence entre les deux.

Sonia fait allusion à un sourire. Les deux sont unis par un désir fou pour une certaine personne. La nostalgie de Monica les rend presque mélancoliques.

Robert décide de la laisser là-bas et d'aller ailleurs, pour dissiper le souvenir du vieil ami d'école.

Samantha et Julia, deux femmes dans la quarantaine, pas belles, mais certainement attentionnées, chargées de nourrir et de surveiller la santé des cobayes, sont dans la même pièce avec un corps musclé, nu, fermement attaché à une sorte de table gynécologique. Un écarteur maintient la bouche ouverte. Des sangles épaisses sur les poignets, les biceps, le cou, l'abdomen, les cuisses et les chevilles vous immobilisent fermement au lit avec les jambes écartées.

Alors que Samantha tâtonne l'homme qu'elle allume lentement, Julia explique à Robert:

"On s'amuse comme ça, on le réveille de toutes les manières possibles, on le taquine, on joue avec lui, pour le maintenir au bord de l'orgasme. Quand il est au bord du désespoir ... eh bien, ça dépend de la qualité de sa mendicité"

Cela dit, il rejoint son collègue et commence patiemment à travailler sur le corps de la victime. Julia semble avoir plus d'expérience, car l'homme a subi une érection notable avec son toucher.

Samantha a l'air un peu rancunier et le gifle.

"Alors tu la préfères? Putain de chien!"

Et elle mord son oreille violemment, tandis que Julia continue son travail sensuellement.

Robert s'adresse au sadique Paul.

Une femme et un homme, tous deux noirs, sont ligotés face à face, en sous-vêtements. Signes évidents de fessée dans le corps des deux, plus chez la femme.

Robert dit bonjour, il n'a aucune sympathie particulière pour l'homme.

Le membre 231.

Robert frappe à la porte.

"Avant"

Un homme et une femme à moitié nus sont bâillonnés et immobilisés sur un étrange engin, avec des brosses rotatives, des stylos, des cure-dents.

« Machine à chatouiller, Robert. J'ai sélectionné les articles les plus sensibles, pas les plus attrayants, comme vous pouvez le voir. Regardez.

La femme appuie sur un bouton. Les pinceaux et les plumes se mettent à danser sur les parties les plus sensibles des deux pauvres; les aisselles, les hanches, les pieds, le cou sont les zones les plus sollicitées.

La femme, surtout, se tord comme une furie, hurle convulsivement.

Robert est fasciné par tout cela.

Cependant, il se retire dans sa chambre. Sa préférence pour Gabriela le lendemain est en fait une excuse pour se retirer dans sa chambre et allumer son ancien PC: la nostalgie le capture, les photos de sa bien-aimée Monica, aujourd'hui jeune et prometteuse athlète, sont méticuleusement et obsessionnellement préservées par lui. ; des poses photographiques les plus banales aux images fixes capturées lors de ses performances.

Il ne peut pas l'oublier.

Vous êtes sur le point de trouver une autre vidéo ou un autre article lorsque vous entendez frapper à votre porte.

"Sonia, viens, entre"

"Salut Robert, comment vas-tu?"

«Ecoute, je ne te remercierai jamais assez de m'avoir poussé à aller aussi loin. Je ne pourrai jamais te rembourser.

«Eh bien, tu dois savoir que c'est un plaisir pour moi d'avoir ici une personne que je connais depuis le lycée.

Ils parlent comme deux vieux amis, ils parlent de ceci et de cela, Sonia parle de son travail sadique comme rien.

À un moment donné, Sonia appuie sur:

«Tu n'arrêtes pas de penser... à elle. Pas vrai?

En réponse, Robert montre à Sonia les photos sur son PC. Sonia s'étonne de voir le nombre de photos de la victime de ses rêves, réparties en dossiers et sous-dossiers: vidéos, interviews, articles, photos, performances sportives.

Le simple fait de penser à ce qu'il pourrait lui faire sur l'île la fait voler avec son imagination comme jamais auparavant. Une photo dans laquelle Monica se débat avec le saut à la perche capte son attention: l'athlète vient de quitter la perche, son visage concentré dans l'effort, les muscles élancés tendus et sinueux à la fois, la partie supérieure frénétique se soulève. Découvrez l'abdomen et tous les muscles abdominaux sculptés.

Sonia vole et rêve de Monica sur l'île comme un cobaye, mais une pensée la saisit:

"Robert ... tu ... l'aimes pas? Je veux dire de manière traditionnelle, tu ne lui ferais jamais de mal, tu la voudrais pour toi, si elle était un cobaye ici tu voudrais la libérer pour lui montrer ton amour ... vérité? "

"Sonia ... tu ne sais pas à quel point j'ai changé. En grandissant et en entrant en collision avec la réalité, avec ton apparence physique, tu en viens à comprendre que tu ne peux jamais avoir une créature comme ça, comment pourrait-elle tomber amoureuse de moi? Regarde, mon désir pour elle n'a pas changé, en fait, plus fort qu'avant, mais il y a une différence.

Vous ne savez peut-être pas que le coup de pied qu'il m'a donné ce jour-là m'a causé pas mal de problèmes sexuels; Je ne suis pas du tout impuissant, mais j'ai du mal à avoir ... ici vous savez quoi; au contraire, l'idée d'avoir une femme en mon pouvoir m'excite beaucoup. Monica alors ... n'en parlons pas.

Je veux l'humilier, comme elle m'a fait. Je veux qu'il souffre. Je veux qu'il regrette de m'avoir humilié. Je veux l'arracher du monde qu'elle connaît et l'avoir ici pour la torturer lentement, sans trop la blesser. Je veux qu'elle devienne une esclave, un objet entre mes mains. Mais elle doit souffrir, rebelle, je veux l'entendre hurler de rage "

Les yeux de Robert s'illuminent et rencontrent ceux de Sonia.

La magie de la situation, la rencontre entre les deux, les sentiments révélés font tomber les barrières entre les deux. Presque extatiques, les deux s'embrassent, puis, se tenant la main et regardant la photo de Monica, ils commencent à se caresser.

Maintenant, ils sont complices.

Ils ne sont pas attirés l'un par l'autre. Mais son souhait va dans le même sens.

« Robert, si tu savais combien de fois j'ai parlé au membre 231 ... le fait est qu'elle est célèbre tu sais? Trop d'yeux sur elle. Trop de gens sur ses traces. Il faudrait un miracle, je ne sais pas, pour la faire arrêter, ou ... bah. Le fait est que je ne veux pas me tromper. Et nous avons de toute façon quelque chose pour nous réconforter ici, tu ne penses pas? "

Robert hoche la tête, pas très convaincu.

Passe-temps agréable

Robert est dans sa chambre, regardant les informations à la télévision.

Combien de temps cela prend-il? Ils devraient être ici pendant quelques minutes - pense-t-il.

Ils frappent à la porte.

"Ah, enfin"

Les humains modifiés entrent dans la pièce avec un chariot.

Gabriela est traditionnellement attachée en X, les yeux bandés et avec un écarteur dans la bouche.

Comme Robert l'a ordonné, elle est vêtue d'une culotte blanche et d'un débardeur.

Ils sont laissés seuls.

Alors que le cochon d'Inde commence à tirer sur les laisses, se demandant pourquoi l'attente interminable, Robert, avec une patience sadique, se retourne et regarde de près sa proie.

C'est la première fois que vous réalisez vos rêves.

Le cochon d'Inde est un magnifique spécimen. Maintenant qu'elle est ligotée, chaque centimètre carré de son corps fabuleux peut être observé de près.

D'un doigt et doucement, Robert commence à la taquiner et à la pincer ici et là; c'est agréable de la voir trembler, ses muscles deviennent plus proéminents; Vous pouvez tester leur cohérence en pinçant et en grignotant la zone pectorale et biceps.

Butt est un hymne à la perfection, sinueux et tonique.

Robert joue avec l'élastique de la culotte testant la fermeté des fesses.

Il avait déjà ligoté des prostituées, mais elles y consentirent toutes de toute façon; et en tout cas ils se sont laissés nouer d'une manière très fausse.

Maintenant, tout était différent.

De plus, il n'avait pas encore vu un tel corps; Bien sûr, le corps de Monica était inaccessible, mais ce «substitut» était néanmoins remarquable. De plus, il n'a jamais eu le temps d'examiner de près le corps de Monica, sauf dans les brèves occasions où elle le frappait.

Maintenant Gabriela était là, ligotée et à sa merci. Je voulais profiter de ce moment.

Clack ... clack ... Robert avait décidé de mettre plus de stress sur elle, de réduire sa liberté de mouvement; Bras et jambes bien étirés, mais pas à la limite.

Rass ... avec des ciseaux coupez les bretelles du débardeur, en haut.

Une poitrine magnifique, avec des côtes apparentes (compte tenu de la position), mais avec des seins agréables et fermes.

L'écarteur est attaché à une barre en haut pour le maintenir bord vers le haut.

Tant de force et de puissance entre ses mains.

Avec un cure-dent, il lui pique les cuisses, l'abdomen, les aisselles.

Ses réflexes involontaires sont ce qui le satisfait le plus.

Au fil du temps, elle a découvert qu'elle aimait de moins en moins le sexe traditionnel. Les vaines tentatives de rébellion de la victime l'excitent violemment.

Sortez avec la culotte.

Robert se déplace patiemment vers sa région génitale et commence, avec une pince à épiler, à tirer ennuyeusement les cheveux ... tac; voici un poil pubien qui disparaît, ce qui entraîne le gémissement de la victime.

Il aime alterner des explosions rapides et décisives avec des explosions prolongées et douloureuses pour la victime, qui commence à transpirer.

La sueur fait briller le corps de Gabriela d'une manière visuellement agréable.

Robert le sent et le lèche partout, puis revient à l'épilation douloureuse.

Ce soir, Robert comprend que toutes ses souffrances passées seront en partie justifiées par les satisfactions qu'il en tirera. Gabriela est la première victime de l'humiliation et de la douleur physique que peut causer le sadique et patient Robert.

Utilisant le malheureux comme un cobaye, Robert expérimente l'électrostimulation sur elle, atteignant des limites qu'il n'aurait jamais pensé atteindre chez un humain.

Il se sent comme un Dieu, ayant un contrôle total sur le bel athlète.

Le plaisir obtenu après deux heures de torture alternées avec de petits jeux est très satisfaisant pour Robert, qui s'endort pendant plusieurs heures.

Au réveil, vous voyez votre cochon d'Inde épuisé de la position dans laquelle il a été ligoté toute la nuit, mais répond toujours à votre contact.

Relâchez la chaîne attachée à l'écarteur pour que je puisse voir votre visage. Il l'embrasse avec enthousiasme, avec un mouvement de répulsion de la part de la victime, puis la gifle avec colère, évacuant toute sa frustration face à sa déception avec Monica.

Si seulement il était ici à la place de la pauvre Gabriela ... un soupçon de nostalgie s'empare du garçon.

Dans les mois qui ont suivi, Robert a travaillé dur pour garder tous les systèmes de surveillance et tous les appareils électriques et mécaniques utilisés pour les expériences et les « sessions » efficaces. Grâce à son imagination et à son génie, il est capable de développer un système beaucoup plus sûr et plus efficace que son désormais ancien prédécesseur.

L'harmonie avec Sonia et la passion commune, renforcées par leurs goûts très similaires, leur permet d'obtenir d'excellents résultats en recherche, bien au-delà des prévisions de Member 231.

On les trouve souvent après le dîner pour jouer avec des cobayes, les torturer, les violer et même les humilier.

D'autres nuits, cependant, ils se retrouvent à admirer avec nostalgie les photos de leur bien-aimée Monica G.

Une torture qu'ils sont incapables de pratiquer, malgré les innombrables détournements qu'offre la situation.

Noël de l'année 2018 approche, lorsque le membre 231, la veille de Noël, les appelle tous les deux pour une réunion.

"Asseyez-vous, très chers. Vous n'avez aucune idée du chemin parcouru, principalement grâce à vous, ces derniers mois. Surtout sur les nouveaux prototypes d'humains modifiés et la capacité de les contrôler par télépathie via d'autres humains modifiés. C'était quelque chose qui personne n'aurait pensé. Même moi, j'ai essayé d'imaginer. Sans parler des structures modernisées grâce au génie de notre Robert »

Robert et Sonia se regardent, un peu rougis, mais conscients que les compliments sont mérités.

"Il y a cependant quelque chose qui les rend un peu tristes, tout le monde le sait, même s'ils n'en parlent jamais"

Les deux ne savent pas comment répondre à la femme.

"Eh bien, normalement, je ne prends pas le travail personnellement pour ce genre de choses, mais j'ai fait une exception pour eux car ils se sont joints et ont tellement donné au groupe."

Ils ont l'air un peu surpris, se demandant le sens des mots de la femme.

«Eh bien ... pour être honnête je ne sais pas si j'aurais pu le faire, si les événements ne m'avaient pas aidé ... entre autres, c'est drôle que demain soit Noël; eh bien, j'ai hâte que demain vous surprenne avec un cadeau ... "

Sonia interrompt ...

"Et cette coupure, membre 231?"

Noël 2018 - le plus beau Noël

Monica G., alias Fantastic Girl, se réveille allongée sur le sol d'une étrange cellule presque futuriste; Il lui semble qu'il est dans un film de science-fiction, les murs blancs, la faible lumière, un verre à travers lequel on ne voit rien.

Elle se lève un peu abasourdie. Au moment où il se rend compte qu'il a son déguisement gris mais plus le masque, il se souvient de tout: la nuit, le combat, sa victoire, la fléchette ... et encore la police, les étrangers qui font irruption. , alors rien.

Où se trouve? Elle est piégée dans une cellule, mais où?

Ne sachant que faire, il commence à donner des coups de pied et à pousser contre la vitre, mais sans autre effet que de se blesser à l'épaule; et dire que, grâce à sa force, il avait enfoncé plusieurs portes de cette manière, et non d'une manière subtile.

Une lumière de l'autre côté du verre.

Une dizaine d'hommes en salopette bleue pénètrent dans la pièce de l'autre côté de la vitre, le même genre d'uniforme que vous avez vu plus tôt. Ils sont tous armés, deux portent une voiture avec des gadgets étranges, Monica ne peut reconnaître que quelques sangles étranges qui servent apparemment à l'immobiliser.

Enfin, une femme ... attendez, il la reconnaît, c'est la même du poste de police du temps de Sonia, et la même qui lui a posé la question fatidique "Es-tu Fantastic Girl?"

"Que se passe-t-il ici? Où est la police? Qui êtes-vous, que voulez-vous de moi? Je n'ai tué personne, pas même volé, c'est illégal ..."

"Mais combien de mots, ma chère Monica, ou Fantastic Girl ce que tu veux. Ecoute, je te dirai tout plus tard et très calmement ... euh, euh, tu ne me croiras pas, mais nous avons beaucoup de temps disponible ..."

"Le temps? Je n'ai le temps pour personne, maintenant je veux passer un coup de fil, j'ai le droit ..."

"Ssshhhh, tu vois, ma chère gymnaste - héroïne, la première chose à comprendre est qu'à partir de maintenant tu n'auras plus aucun droit, qu'on le veuille ou non. Maintenant, s'il te plaît, commence à enlever ce déguisement stupide ..."

«Écoute-moi bien, putain de pute, je ne sais pas qui tu es, mais je suis bien connue, ils me chercheront, je ne prends les ordres de personne...»

"Eeeehhh, je savais déjà que ça finirait comme ça, messieurs, activez le 'chauffage' ..."

Un homme en costume bleu actionne un interrupteur.

Les lumières s'éteignent, Monica ne voit plus rien à l'extérieur de la vitre, tandis que le captif est clairement visible de l'extérieur.

En quelques secondes, l'air devient plus lourd, plus chaud et irrespirable.

Monica commence à se demander comment cela pourrait arriver, où est-elle. La chaleur devient insupportable, l'humidité est très élevée.

Monica est très physiquement préparée, mais après quelques minutes, elle commence à avoir des problèmes respiratoires. Mais il ne veut pas satisfaire la femme.

Du coup, la cellule est divisée en deux parties par des barres métalliques.

La zone dans laquelle vous vous trouvez reste la même; dans l'autre zone, Monica voit une sorte de buse sortir du plafond. À un certain moment, de l'eau commence à sortir de la buse.

Monica commence à comprendre.

De toutes ses forces, elle essaie de plier les barres pour passer d'une manière ou d'une autre, mais en plus d'être étourdie par le stupéfiant, elle est également épuisée par la chaleur soudaine.

«Tu vois, mon cher ami de gymnastique, tu aurais dû réaliser maintenant que si tu veux aller de l'autre côté, tu dois enlever ce costume stupide, tu vois que les barres seront toujours là jusqu'à ce que tu l'enlèves. Oh, et tu sais que nous pouvons te tirer dessus une fléchette tranquillisante à tout moment et faire ce que nous voulons, si vous vous montrez stupidement stupide. Hé allez, maintenant la température est au-dessus de quarante degrés, l'eau est assez froide, vous ne voulez pas vous rafraîchir? "

Les instincts de survie de Monica prévalent sur la fierté.

Non sans quelques difficultés, vu l'humidité, l'épuisement et la sueur, il parvient à se déshabiller complètement et à jeter son «déguisement stupide» par terre.

Il ne se passe rien.

"Hé, je suis nu, qu'est-ce que tu veux que je fasse d'autre? Bon sang!" Monica hurle avec un soupçon de frustration dans sa voix.

Après une attente sadique, la femme répond.

"Mettez le déguisement stupide dans cette fente"

Un récipient sort de sous le verre. Monica met le costume.

Le membre 231 renifle la sueur du cochon d'Inde en costume.

En réponse, un homme actionne un interrupteur, les barreaux sont relevés, Monica se jette dans la douche et laisse l'eau glisser sur tout son corps, ignorant les regards indiscrets de ses ravisseurs.

Les lumières se rallument.

La femme applaudit.

"Bien joué, voyez-vous que vous n'êtes pas aussi stupide que votre apparence le suggère?"

La femme commence à voir sa proie sous un jour différent; se dit.

"Merde, quel physique. Maintenant je comprends l'obsession de Robert et Sonia pour cette femme. Je ne pense pas avoir jamais vu un cobaye aussi bien fait parmi tous les athlètes avec lesquels j'ai expérimenté depuis plus de vingt ans, même si j'aime les hommes. "Une telle femme peut transformer n'importe qui en lesbienne. Presque presque ... Je pourrais la faire immobiliser tout de suite, mais voyons comment le combat se déroule; je ne l'ai pas fait depuis des années, mais je vais vous faire croire que vous pouvez vous échapper ..." bien que les humains modifiés se plaignent si l'un de leurs compagnons est blessé "

"Maintenant ma belle Monica, mes hommes vont entrer et vous immobiliser, en attendant j'ai autre chose à faire, s'il vous plaît, comportez-vous si vous ne voulez pas être ... puni; messieurs, c'est tout à vous, JE LAISSE LES CLES DE L'IMMEUBLE ENTRE LES MAINS DU CAPITAINE Amenez-la au bureau assez ligotée dans quinze minutes. "

Le membre 231 laisse entrer les dix autres humains modifiés, armés uniquement de matraques, de chaînes et de menottes, l'un dans un costume rouge, différent des autres.

Monica est nue, mouillée et épuisée par la chaleur, mais ses habitudes de combat lui ont appris à évaluer chaque situation.

Comptez dix, dont le rouge doit nécessairement être le capitaine. Ils ne semblent pas porter d'armes autres que des matraques. Et d'après ce qu'elle comprend, ils la veulent vivante. C'est un énorme avantage pour quelqu'un comme elle. Face à la situation absurde, il décide de faire au moins une tentative désespérée.

Deux d'entre eux viennent derrière elle avec des menottes et des cravates, deux autres devant elle; les autres attendent avec des matraques prêtes à intervenir.

Quand ils lui prennent les bras par derrière, elle les tient fermement et les jette contre les deux en avant, les jetant par terre; les deux attrapés par elle sont neutralisés en se frappant violemment les deux têtes l'une contre l'autre.

Aujourd'hui, cinq hommes armés de matraques s'approchent de tous les côtés en même temps. D'un bond puissant, rapide et instinctif, il se lance sur l'un, le désarme et se gagne un club. Les autres bondissent sur elle et deux parviennent à lui frapper violemment les genoux, la faisant tomber. Les deux autres en profitent et la frappent à nouveau à l'abdomen, mais elle, presque comme si elle n'avait pas remarqué les coups, les entoure d'un salto.

Le membre 231 regarde la scène depuis une caméra cachée. Il avait envoyé dix humains modifiés entraînés au combat et armés de matraques. Il les a combattus avec une facilité impressionnante. Ses sauts et ses coups de pied étaient incroyables. Trois d'entre eux sont restés. Monica avait laissé tomber le bâton, ses bras encore plus meurtriers. Avec ses jambes de marbre, il a pressé une victime jusqu'à ce qu'il s'évanouisse, tandis que des deux mains, il tenait le reste au sol. Il s'adresse au seul survivant, le "capitaine".

D'après ce qu'il pouvait voir, probablement moins de la moitié étaient encore en vie. Une arme mortelle, un combattant féroce.

Le pauvre homme lui tend les clés en tremblant, puis elle le frappe du poing comme s'il était en papier.

"Exceptionnel. Prenez encore vingt en ..."

Le membre 231 quitte le moniteur pour descendre.

Le groupe des humains modifiés, en plus d'avoir vingt ans, dispose d'un réseau qui facilite leur travail.

Après l'avoir capturée avec le filet comme un animal, ils parviennent à la menotter au dos et aux chevilles et à lui mettre une sorte de collier.

Ils le retirent du filet.

"Chercher"

Monica se tient devant le membre 231, environ huit pouces de plus qu'elle.

De près, il peut apprécier son corps, toujours haletant du combat acharné qui se déroule toujours.

Un humain modifié la maintient attachée, deux autres lui tiennent les bras, déjà menottés, avec deux chaînes aux chevilles, également attachées.

Nu et mouillé.

Ce qui impressionne, c'est la féminité irrépressible, la beauté alliée à la force, un spécimen plus unique que rare.

Ces seins lancinants étaient si attirants.

«Tu sais chérie, je suis vraiment hétéro, je suis folle d'hommes. Mais toi... voici quelque chose d'unique, des abdos sculptés... quels bras et épaules... et vos jambes, quelle perfection... vous êtes en sueur. .. chaud "

L'athlète aux cheveux noirs remonte à l'époque où elle a été ligotée et torturée par Sonia.

Maintenant, il était dans une situation bien pire, et pas seulement parce qu'il ne voyait pas de solution.

Attaché Nu Les yeux de cette femme sur elle.

Son cœur se met à battre fortement dans sa poitrine lorsque la femme commence à caresser ses seins, son ventre, ses fesses.

Dans un dernier effort désespéré, il parvient à trouver la force de donner un coup de pied avec les deux pieds attachés au visage de la femme, maintenant au sol avec une lèvre qui saigne.

"Maudit ma stupidité ... ne t'approche jamais d'un cochon d'Inde en personne. Mettez-la sur le lit, utilisez des laisses doubles!"

Les humains modifiés, malgré la supériorité numérique, les menottes, les laisses et les chaînes déjà attachées à Monica, luttent longtemps avant de l'attacher complètement au lit, lui bandent les yeux et la bâillonnent avec un écarteur.

"Maintenant c'est sûr, madame"

"Bien. Restez à l'écart"

Il s'approche du lit avec la femme ligotée comme un salami.

Le nombre de sangles limite quelque peu le pourcentage de peau nue qui peut être admirée, mais c'est quand même un joli spectacle, et à ce stade, il vaut mieux être en sécurité.

"Tu vois, salope, personne ne m'a jamais donné de coups de pied. Maintenant, je suis une femme blonde et je ne te ferai rien, parce que je dois te laisser intacte pour ... deux personnes que tu connais bien, tu es un prix pour eux, tu sais?" Et je me retiens Le temps viendra, froidement, où je vous ferai payer. Comme je vous l'ai déjà dit, le temps ne manque pas du tout "

Cela dit, il prend son mamelon droit et le serre fort.

Monica se tord plus d'humiliation que de douleur.

"J'aime le bruit d'un corps nu sur les bretelles. Apportez-le au bureau. Attachez-le au chariot 'dessert', je le réparerai moi-même."

Monica ne voit rien à cause du bandeau, elle sent juste qu'elle est emmenée ailleurs.

Une porte se ferme. Les mains expertes de plusieurs personnes vous appliquent rapidement de nouvelles sangles avant de retirer les anciennes. Avec l'expérience et une patience maniaque, elle est immobilisée pour se tenir debout.

De l'eau froide sur tout le corps.

Savon.

Les mains de plusieurs personnes, mais pressées, ne ressentent aucun désir. Cela ressemble à un objet.

Ils le rincent.

Avec la même procédure maintenant ils l'immobilisent dans une voiture, toujours tenue.

Il s'étire jusqu'à ce qu'il vérifie qu'il n'y a aucune possibilité de mouvement.

Comme si cela ne suffisait pas, ils appliquent des sangles au-dessus et au-dessous des genoux, sur les cuisses à la fois au milieu et près de l'aine, à la taille, sur l'abdomen, au-dessus et en dessous des seins, sur le cou, au-dessus et sous les coudes. Dans la bouche un autre écarteur avec une tige montante, la seule ouverture à travers laquelle il peut respirer, car le nez est fermé avec des clips. Dans les yeux une jante qui, en plus de ne rien montrer, ne lui permet pas de bouger la tête d'un pouce.

Il est inexorablement immobile.

S'ils avaient voulu la tuer, ils l'auraient fait. Que lui arrivera-t-il? De quelles personnes parlait-elle?

Ses pensées sont interrompues par la sensation d'une sorte de mousse pulvérisée sur son corps.

Vous appuyez sur un interrupteur et sentez la température baisser.

Nous restons avec Robert et Sonia au bureau.

"Et cette coupure, membre 231?"

La dame sourit et révèle une coupure sur sa lèvre.

"Tu ne lis pas les journaux, n'est-ce pas? Mieux vaut comme ça, tout sera plus beau. Ah, la coupure que j'ai? Eh bien, ne t'inquiète pas, rien de grave, celui qui l'a fait aura le temps de le regretter, vu ce qui l'attend ici. Maintenant acceptez d'être mes invités pour le dîner de ce soir. Au fait, j'ai pris la liberté d'inhiber les systèmes télématiques dans vos chambres, vous ne pourrez donc pas suivre les nouvelles ... mais seulement pour ce soir. "

"Nous acceptons volontiers, membre 231. A ce soir"

Le membre 231 mange généralement seul ou avec tout le monde, dînant rarement avec d'autres personnes.

Robert et Sonia se rendent dans la chambre de leur patron.

"Bienvenue, venez tôt. Je vous comprends, vous savez? Asseyez-vous."

Trois chaises, rien entre les deux.

"Mais quoi...?"

"Serveurs, s'il vous plaît"

Deux humains modifiés entrent avec un chariot.

Robert reconnaît la charrette: les victimes sont complètement immobilisées, et leurs corps sont aspergés de nourriture pour égayer les dîners d'une manière inhabituelle. Cette fois, le corps était complètement couvert. Un réfrigérateur a maintenu la température basse pour conserver la crème. Un chef-d'œuvre, cette fois ils étaient occupés. Crème et meringue sur tout le corps. Les gros seins étaient recouverts de crème avec des cerises sur les mamelons. Le visage recouvert d'un melon creux et d'un jambon autour. Au sommet un tube respiratoire. Une noix de coco au milieu dans la zone de l'aine, stratégique. Et puis de la crème. Crème et meringue.

La basse température faisait frémir le cobaye, mais le mouvement était presque impossible en raison des innombrables sangles qui le contenaient.

Elle était complètement couverte, mais ils pouvaient déjà deviner que le physique de la femme était spectaculaire: grande, forte, mais avec une masse musculaire considérable, une poitrine tonique et pleine; et ils n'avaient pas encore vu le meilleur.

Le serveur apporte du chocolat fondu.

"Servez-vous"

Sonia verse du chocolat chaud sur son abdomen. La victime halète, suivie d'un "nnnggghhhhh!" étouffé.

Les convives commencent à savourer la délicatesse de l'abdomen.

"Bien cet arrangement, on devrait le faire un peu plus souvent"

Robert plaisante en plongeant sa fourchette en argent dans la meringue.

Après quelques minutes, l'abdomen est assez nu. Les convives peuvent apprécier les abdos musclés et sculptés, mais toujours sinueux et lisses. Le cochon d'Inde a la peau foncée, mais occidental.

Robert aime la taquiner du bout de sa fourchette, provoquant de petites contractions imperceptibles des abdos.

L'élément 231 désactive le réfrigérant.

"Il est temps d'essayer, tu ne penses pas?"

Sonia verse du chocolat chaud sur son abdomen maintenant découvert. Le cochon d'Inde pousse un cri et se tortille davantage. Malgré les sangles, ses tirettes font tomber le glaçage sur le mamelon droit, du côté de Sonia.

"Mais regarde, on dirait que notre petite amie se rebelle. Regarde, Robert, elle a ruiné le décor."

Robert intervient.

"Eh bien, en attendant, nous allons coller les sangles"

Monica, à travers la couverture de nourriture, parvient à entendre les voix. Ces voix familières ... non ... ça ne peut pas être. Ça doit être un cauchemar ...

"Où est le bouton, Sonia? Ah, il est là, c'est stupide"

Entendre ce nom est comme un coup au cœur pour Monica qui, paniquée, commence à se tortiller de toute la force dont elle est capable.

L'autre glaçage tombe, une partie de la meringue autour des bras cède, les sangles semblent se desserrer.

Robert appuie sur un bouton.

Les laisses sont resserrées jusqu'à ce que le cochon d'Inde se calme à nouveau, qui respire maintenant plus fortement.

Les efforts et la sueur ont fait fondre une partie de la décoration, maintenant on peut voir les épaules, les aisselles, les biceps, les cuisses, en plus de l'abdomen déjà exposé.

Désormais, les deux peuvent voir plus de détails sur le corps de la victime, apprécier la définition musculaire et la fermeté de la chair. Ils ne se souviennent pas avoir jamais vu un cobaye comme ça.

"Cette crème a l'air appétissante"

Cela met la pression sur Sonia et elle commence aussitôt à lécher ses seins avec gourmandise, suivie de Robert.

Plus que de manger l'excellente crème, son but est de découvrir des seins fantastiques, abondants, fermes, ronds, parfaitement liés aux pectoraux, qui culminent en mamelons larges, sombres et charnus.

Après avoir détaché les bretelles au-dessus et au-dessous des seins, ils observent comment les contractions des pectoraux font bouger les seins de manière vitale et rebelle.

La sueur commence à se former dans les aisselles.

Les deux passent anxieusement leurs doigts et leur langue.

"Je veux la voir se tortiller ... j'ai une idée"

Robert pose sa main sur le tuba et le ferme.

Au bout d'une minute, le cochon d'Inde commence à bouger comme une furie. Sonia, quant à elle, mord le mamelon d'une manière méchante, faisant sauter le cobaye.

Robert ouvre le respirateur.

La poitrine commence à monter et à baisser frénétiquement, Robert en profite pour la lécher goulûment.

Répétez le jeu trois ou quatre fois en observant que la crème est déjà presque complètement dissoute.

Le membre 231 les regarde avec plaisir; il se demande s'ils soupçonnent déjà quelque chose. À ce stade, il participe également en grignotant l'intérieur de la cuisse du cochon d'Inde et en regardant ses muscles se contracter. Il ne lui était jamais arrivé qu'il veuille une femme ... jusqu'à maintenant.

Après vingt minutes de jeux cruels, le corps est complètement nu, à l'exception des bretelles. Et le visage couvert.

Robert et Sonia s'arrêtent un instant pour l'admirer.

La définition, la sinuosité de l'ensemble est incroyable. Jambes qui semblent avoir des fesses en marbre dessus.

«Je dois dire que cette fois, nous avons atteint une limite. Je ne pense pas qu'il puisse y avoir un corps plus beau que celui-ci. À qui sera le visage. Une seule personne peut égaler cela, et vous savez de qui je veux dire, Robert...»

Les deux se regardent.

L'ombre du doute traverse leurs visages.

Le membre 231 comprend.

"Les gars, je pense que vous voulez profiter de ce moment seul, mais d'abord ... ici, le journal d'hier. Je vous suggère de lire le titre sur la deuxième page ... alors vous pourrez emporter ce stupide melon."

Il s'éloigne et quitte la pièce.

Ils réalisent tous les deux que peut-être ...

Leurs cœurs battaient mille.

Sonia lit à voix haute:

"SENSATIONNEL: Fantastic Girl s'avère être la promesse de l'athlétisme mondial Monica G., considérée par tous comme une extraterrestre pour ses dons athlétiques, notamment pour sa beauté. Mais le jour de la capture, elle parvient à s'échapper d'une manière ou d'une autre. Peut-être avec l'aide de complices. Le fait est qu'elle a neutralisé deux gardes et s'est enfuie. Personne ne la trouve, elle ne s'est pas présentée à l'entraînement. La police a déjà lancé l'alerte aux frontières. La vérité est qu'avant qu'elle ne devienne une héroïne aimée de tous, après avoir tué deux officiers sont coupables de meurtre ... "

Monica entend les paroles de Sonia et se met à pleurer désespérément. Maintenant, tout est clair. Elle est nue, immobilisée et à la merci de deux psychopathes fous. Avec la force du désespoir, en pleurant, elle tire anormalement les sangles, réussissant à casser celles qui entourent son coude droit.

Robert appuie sur le bouton «d'urgence» et des sangles supplémentaires sortent immédiatement du mécanisme, immobilisant irrémédiablement le cochon d'Inde; maintenant vous pouvez voir ses larmes de désespoir sous le melon.

Robert et Sonia s'approchent du cobaye, essuyant lentement le peu de nourriture qui reste sur le corps avec des serviettes, restant sadiquement sur toutes les zones sensibles au toucher, tandis qu'elle se tord de désespoir.

Quand il n'a plus la force de pleurer, ils s'occupent du melon et du tube, découvrant son visage et ses yeux.

Monica l'a déjà compris, mais les voir en face est comme un coup de couteau. Comment cela pourrait-il arriver? Elle ne pardonnera jamais sa bizarrerie d'être un super-héros

Sonia et Robert la regardent avec extase. Un rêve devenu réalité.

Monica, en sa présence, sans défense, mais de toutes ses forces. Votre force physique ne vous fera aucun bien. Maintenant, cela leur appartient.

Comme possédés, ils commencent à l'embrasser sur le visage, sur les oreilles, à la caresser avec un désir renouvelé; Pendant que Robert s'occupe du visage, des seins, Sonia glisse, avec la langue et les doigts nerveux, sur l'abdomen, les cuisses, les fesses, les organes génitaux.

Monica se met à crier de panique et de frustration, les bretelles serrées en mode "urgence" l'empêchent de bouger, elle transpire depuis plusieurs minutes et non d'effort physique.

"Laisse-moi partir! Merde, qu'est-ce que tu veux de moi? Espèce de ver, nous avons étudié ensemble pendant des années ... non ... non ... arrête ... n'essaye pas, tu sais ... aaaaahhhhhhhh!"

Robert, l'ayant laissée se défouler, mord son téton droit avec agacement, tirant vers le haut, douloureusement pour le pauvre cobaye, tandis que de sa main il serre la gauche.

Sonia s'occupe de la partie inférieure, non sans une pointe de malice, consciente du "bain" que Monica lui avait forcé à faire. Il mord, pince, explore avec sa langue.

Monica, qui pleure, respire fortement et essaie de penser à une issue possible.

Elle voit sa magnifique poitrine luire de sueur, sent le désir de ses tortionnaires, leurs langues et ses doigts glisser sur elle.

Elle commence à s'émerveiller d'elle-même lorsqu'une sensation étrange la prend; les vains efforts pour se libérer sont marqués par des sons gutturaux, presque animaux. Les sangles en mode urgence, bien qu'elles soient plus sûres, permettent un minimum de liberté de mouvement, étant plus élastiques; De cette façon, Mónica a l'opportunité de les forcer, en soulignant ses muscles imposants, avec un grand merci à Robert et Sonia. Elle sait qu'elle n'a aucune chance, mais elle continue de tirer, comme un animal, presque ... presque comme si elle aimait ces deux-là pour la voir dans cet état. Non ce n'est pas possible.

Après d'innombrables secousses accompagnées de grognements, Sonia remarque un signe indubitable de l'excitation du cobaye.

"Hey Robert, viens voir cette petite salope ..."

Robert met un doigt dans la zone offensive.

"Mais regarde, qui aurait pensé ça"

Ils sourient à la victime immobilisée, qui essaie de cacher la rougeur sur ses joues.

Monica, essayant désespérément de rejeter cette pensée, se met à crier.

"Aide ... Hé, quelqu'un peut-il m'entendre? Vous avez tous les deux des idées très étranges, bon sang, si jamais je me libère, je ne vous laisserai pas vous relever comme je l'ai fait ces dernières fois"

Le membre 231 fait irruption dans la pièce avec dix humains modifiés.

"Les gars s'il vous plaît ... nous avons tout le temps pour ça. Maintenant, laissez les humains modifiés l'emmener dans sa cellule, et laissez-moi échanger quelques mots avec elle ... après tout, vous êtes mon invitée, sale salope."

Passez un doigt sur son abdomen pour atteindre son mamelon et serrez.

Monica se tortille et garde un regard fier et provocateur sur la femme.

"Vous et moi devons avoir une conversation pour savoir qui est responsable ici et qui ne devrait PAS être autorisé à me regarder de cette façon."

Il dit que c'est sévère mais contrôlé.

Les humains modifiés accompagnent la voiture.

CINQUIÈME PARTIE
LE CORPS DE MONICA - FANTASTIC GIRL

Présentation du nouveau cochon d'Inde

Il y a beaucoup d'excitation sur l'île. Tout le monde sait qu'il y a une nouvelle acquisition. C'est un événement assez courant, mais cette fois, il semble que les choses soient différentes. En partie parce que tout le monde sait qui est Monica G., ses prouesses athlétiques, la façon dont elle a été capturée, en tant que super-héros; Après la nouvelle de la capture, tout le monde est allé voir des photos de la femme sur internet, prises sur des articles de sport ou des vidéos dans lesquelles elle participe au saut à la perche. Surtout, tout le monde se demande pourquoi elle n'a pas été incluse parmi les cobayes comme tout le monde. Cela provoque un léger mécontentement sur l'île, alors le membre 231 convoque Robert et Sonia à son bureau.

Les deux sont toujours sous le choc d'avoir capturé leur objet de désir.

Sonia prend la parole.

"Ce ... membre 231, nous ne savons vraiment pas quoi dire ... dire merci est peu"

Des larmes de joie dans ses yeux angoissés, presque incrédules à la grâce reçue.

Robert extatique, incapable de parler.

Maintenant, ils peuvent se venger de quiconque les a humiliés dans le passé et, en même temps, l'avoir comme et quand ils le veulent.

Les fantasmes des deux se déchaînent, renouvelés par ce qu'ils ont toujours voulu, des tortures possibles, des épreuves de force, même en la gardant nue et attachée dans la pièce pour l'humilier.

Le membre 231 arrête les délires des deux.

"Les gars, tout d'abord, vous n'avez rien à me remercier. Avoir un spécimen comme Monica ici était quelque chose que nous attendions depuis longtemps. Une opportunité comme celle-ci est venue avec sa 'folie' de devenir un super-héros avec quoi Il nous a facilité la tâche. La raison pour laquelle vous n'avez pas à me remercier pour quoi que ce soit ... c'est que TOUT LE MONDE sur l'île pourra apprécier ...

vos qualités, en plus il y a de nombreux tests - des expériences qui nécessitent une femme avec ces caractéristiques "

Les deux ne l'avaient jamais envisagé de ce point de vue et une pointe de colère - la jalousie les prend au dépourvu.

Sonia, un peu effrayée, intervient.

"Mais ... eh bien ... avec tout le respect que je vous dois, mais utiliser une femelle ... euh ... cobaye avec ce potentiel pour certains tests semble être un gaspillage ...''

"Oh, mais vous voulez dire les dégâts que cela pourrait prendre ... vous savez quoi? Vous avez pratiquement terminé la 'machine régénératrice'; eh bien, considérez cela comme une incitation à accélérer vos préparatifs; et, allez, vous l'aurez toujours. Robert, vous inventez cela Nous sommes six, plus d'une fois par semaine, vous pouvez «jouer» avec elle, peut-être même avec votre collègue ".

Robert et Sonia se sentent un peu froids face à leur enthousiasme débordant initial, mais ils réalisent la situation dans laquelle ils se trouvent.

«Disons-le comme ça, vous avez deux jours pour terminer la machine, alors ... eh bien alors Monica devra passer entre les mains de notre Paul, amoureux du fouet; et même entre mes mains, puisqu'elle et moi avons des affaires inachevées.

Monica passe la nuit dans sa cellule. S'il n'y avait pas de fatigue physique, je ne pourrais pas dormir; trop de questions dans sa tête sur où il est, ce qui l'attend dans le futur. Quel est le but de ces personnes? Que vont-ils lui faire? Survivre a? L'humiliation et la douleur physique lui font peur. Sur le plan physique, il n'a jamais eu de problème de douleur et de fatigue persistantes. Mais quel était ce sentiment d'abandon et de soulagement qui l'avait peu remplie lorsqu'elle était nue et attachée entre les mains de ces deux-là?

Un coup sur le matelas le réveille, elle porte un costume léger.

"Réveille-toi mon cher, mon cobaye égaré."

Monica se rend compte que ce n'est pas le moment de se rebeller et ne dit rien de irrespectueux envers le membre 231.

"Debout".

Elle obéit.

Le membre 231 devrait normalement, à ce stade, ordonner aux humains modifiés d'entrer, immobiliser ses mains et ses pieds, puis l'emmener au gymnase, l'exercer, la maintenir en forme; La chose la plus importante de nos jours est d'évaluer son potentiel et dans quel but il pourrait être utilisé.

La procédure normale prévoit qu'après une matinée de travail dans la salle de sport et la piscine, le cobaye soit nourri, autorisé à se reposer pendant quelques heures, puis invité à effectuer un entraînement spécifique pouvant être la course, l'électrostimulation, natation ou améliorations spécifiques. Puis une dernière douche, un dîner et, pour les spécimens les plus agréables, une soirée avec l'un des membres de l'île pour «égayer» leur séjour. Évidemment, toutes les sessions de formation de cobayes sont supervisées par au moins cinq humains modifiés; Les cochons d'Inde sont toujours immobilisés ou placés dans des endroits où ils ne peuvent pas faire de mal (comme la piscine à bord haut, le chemin de l'île clôturé et la salle de sport avec des bars).

Le membre 231, cependant, au lieu de suivre la procédure normale, se laisse tenter, il n'a pas la patience d'attendre sa soirée.

«Écoute, salope, je ne veux pas que mes soldats armés vous épinglent, vous blessent ou éventuellement vous punissent; sachez que nous pouvons vous assommer avec des pistolets paralysants à tout moment pour obtenir votre obéissance, d'une manière ou d'une autre; alors j'espère que vous êtes assez assez intelligent pour m'obéir "

Silence.

"Eh bien, commencez à faire du jogging sur place."

Monica, un peu surprise par la demande, malgré la fierté d'être traitée de «salope», se met à courir.

Son trot sur le sol de la salle est léger et sans difficulté.

"Eh bien, levez les genoux un peu plus haut"

Il le fait.

Après cinq minutes de jogging léger, Monica ne ressent pas le moindre signe de fatigue.

"Élevez-les plus haut"

Monica ressemble à une source, elle n'a pas la moindre difficulté. Il est impressionnant de voir comment il combine puissance, grâce et élasticité.

Vos jambes ne font qu'un avec votre corps en mouvement.

Un ensemble parfait.

"Arrête, respire un peu"

Monica en profite pour reprendre son souffle (même si elle n'en avait pas besoin).

Le membre 231 ne remarque pas une goutte de sueur sur le visage du cobaye.

"Push-ups, Monica; commencez les pompes; les pieds joints et le corps droit; ne vous arrêtez pas avant que je vous dise"

Commence.

Parfait.

Une installation impressionnante.

Après cinq minutes supplémentaires, il ne montre aucun signe de ralentissement.

Le membre 231 doit aller aux toilettes.

"Le capitaine vérifiera que vous faites toujours des pompes; je reviens tout de suite; ah, s'il vous plaît ne vous arrêtez pas et ne ralentissez pas, sinon ... eh bien, nous trouverons quelque chose de pénible à faire tout de suite, salope."

Alors que la femme s'éloigne, Monica continue l'exercice. Maintenant, il regrette un peu d'avoir mal répondu à la femme la veille. Mais il sait qu'il a agi selon son instinct et sa fierté reste intacte.

Le membre 231 revient de la salle de bain et regarde le cochon d'Inde. Son mouvement est toujours régulier et fluide, mais la respiration commence à être difficile.

Après quinze minutes, en calculant une poussée par seconde, vous aurez fait près de neuf cents pompes.

Il avait vu des cobayes mâles au nombre de trois mille; en tout cas, quand ils ont atteint le millier, leur rythme a chuté de façon spectaculaire. Monica ... eh bien, juste un petit hoquet.

"Avec vous je veux que la surveillance soit doublée ... ou mieux, triplée; Capitaine, laissez venir dix autres; il doit y en avoir quinze, dont cinq sont armés. Bon sang ... Je veux vous voir transpirer, je suis impatient. Vous, levez-vous un peu la température "

Fait.

Monica commence à se sentir fatiguée, la sueur se forme à la fois à cause de l'épuisement et de la chaleur dans la pièce.

À un moment donné, inévitablement, cela commence à ralentir.

Le membre 231 est satisfait du résultat obtenu.

"Eh bien, félicitations, levez-vous"

Monica, respirant fortement, se lève.

Pour elle, c'était une démonstration d'entraînement, mais rien de particulièrement exigeant; seule la montée en température le dérangeait.

C'est le moment que vous attendiez.

"Déshabille-toi".

À contrecœur, il le fait. Sortez avec le haut du costume.

"Complètement; je te veux complètement nue"

Fait.

"Jambes écartées et mains au-dessus de la tête."

Cette vision n'a jamais été vue par elle auparavant. Pourtant, pendant toutes ces années, il avait vu de nombreux athlètes, plusieurs noirs; la sueur fait briller leurs belles formes.

De l'intérieur de la cellule, Monica fait ce qui lui est ordonné pour éviter des représailles immédiates, tout en gardant un air fier qui témoigne de son tempérament non soumis.

À un signal de la femme, dix humains modifiés entrent dans la cellule, l'immobilisant avec des sangles doubles (comme ordonné par la femme) à une barre avec des crochets qui a émergé du plafond de la cellule, les cinq autres à distance de sécurité avec des armes paralysantes. pointu.

Au moment où ses poignets sont épinglés au plafond, Monica a toujours les jambes libres et sait qu'elle pourrait en assommer au moins cinq ou six; mais comment traiter les autres et surtout les hommes armés? Cela permet donc également à vos chevilles d'être attachées au sol. Elle est maintenant X-liée debout.

"Remontez un peu."

Le capitaine actionne le bar avec une télécommande en le rapprochant du plafond. Lorsque les pieds de Monica sont à quatre pouces du sol et que ses mouvements sont limités à un certain balancement, le mécanisme s'arrête.

Le membre 231 est impressionné.

Il s'approche lentement de Monica enchaîné et la renifle.

Votre sueur est agréable à l'odeur. Les seins, après l'effort, ont une belle couleur rose; la poitrine monte et descend montrant toute la féminité animale de la femme.

Langue sous les aisselles. Monica, qui avait essayé de rester immobile pour ne pas satisfaire la femme, se branle de manière incontrôlable et tire sur les sangles, à l'appréciation du membre 231.

"Mmmm, est-il possible que vous soyez chatouilleux? Nous verrons, nous verrons, peut-être un autre jour. Maintenant, laissez-nous tranquilles."

Les humains modifiés battent en retraite. Monica se demande ce que la femme attend d'elle. Il sait qu'il n'aurait pas dû blesser sa lèvre, maintenant couverte d'un bandage. Il fait un geste instinctif et commence à tirer sur les sangles qui, cependant, étant en partie élastiques, absorbent son effort indemne et sans céder. Puis, il renouvelle obstinément l'effort, réussissant à plier les bras et les jambes juste assez pour avoir plus de poids.

"Hé les gars, revenez ici pour un moment! Vite"

Les humains mod sont de retour avec une belle course.

«Je veux que tu ajoutes plus de bretelles; tu ferais mieux d'être ultra en sécurité, même si tu ne pourrais jamais les casser de toute façon, salope.

Monica est bouleversée, mais maintient son attitude et ne montre aucun rejet. En effet, il aurait été impossible de se libérer, mais la femme a très peur de lui, après le coup de pied précédent.

Maintenant, c'est encore plus serré qu'avant, les sangles supplémentaires vous laissent très peu de mouvement.

"Maintenant tu peux y aller"

Maintenant, ils sont seuls.

Le membre 231 regarde Monica pendant cinq minutes et reste immobile. Monica ne dit rien et ne révèle pas d'émotions.

"Eh bien, vous avez un bon caractère, chien."

Monica a un regard fier et évite le regard de la femme.

La respiration est plus calme maintenant.

"Tu ne parles pas. Que dois-tu dire d'autre part? Les salopes ne parlent pas. Tu pourrais au moins t'excuser pour ma coupure sur tes lèvres, elles ne t'ont pas appris la politesse?"

Silence.

Au contact de la femme sur l'abdomen musclé, Monica sursaute.

"Ah, mais tu es là. Ecoute, effronté, dans quelques jours je t'aurai toute la nuit. Je ne sais pas d'où tu viens, comment peux-tu être si belle et forte en même temps? Parfois j'ai pensé qu'il ne pouvait y avoir personne comme ça dans ça planète. Oh, mais ne t'inquiète pas. Je te ferai souffrir. Physiquement. Et puis tu me supplieras de te pardonner. "

Grignotez l'abdomen autour du nombril, léchez les seins et les mamelons. Cela ressemble à un rêve. Il mord son téton gauche et Monica sursaute, plus de fierté que de douleur, et tourne la tête sur le côté.

"Vous baisserez les yeux et me supplierez de vous embrasser, en disant que je suis votre seule déesse sur Terre."

Il mord son téton fort, Monica réprime un cri, mais un "nnnggghhhhh!" cela lui échappe.

"C'est bien pour aujourd'hui, mais ça ne s'arrête pas là ... on se reverra bientôt; tu sais, j'ai le commandement sur cette île oubliée du monde."

Monica, au mot «île», a un moment de panique. Vos chances d'évasion sont pratiquement nulles si vous êtes sur une île.

Pour l'instant, elle est fière de ne pas avoir succombé à la femme.

Les humains modifiés retournent à leur routine quotidienne et la journée se passe bien.

Sonia et Robert travaillent assidûment sur la machine régénératrice.

En pratique, c'est un œuf géant où quiconque reste assis à l'intérieur pendant cinq minutes peut guérir de toutes sortes de blessures, maladies et blessures. Il ne peut rien faire contre le vieillissement normal, mais le porter tous les jours peut considérablement prolonger votre vie, en théorie.

Après plusieurs tentatives avec des cobayes après les avoir soumis à des coupures mineures, des brûlures, des éraflures, Sonia et Robert sont allés plus loin, soumettant les cobayes à de graves traumatismes, entorses, mutilations partielles, puis les ont soignés avec des résultats surprenants. Ils terminent actuellement des tests pour améliorer la fiabilité et l'efficacité de la machine.

Robert le teste sur lui-même. Même s'il n'est ni blessé ni malade, il l'utilise pendant deux minutes. Une fois à l'extérieur, vous avez l'impression de vous réveiller après des jours et des jours de sommeil, tout neuf, votre posture plus droite, votre corps plus tonique. Elle se demande quel effet cela pourrait avoir ... sur elle. Sonia lui demande également.

Réunion spéciale.

Salle de réunion avec Sonia, Robert, Julia, Samantha et Paul.

Le membre 231 entre, les autres se lèvent en signe de respect.

"Bonjour chers collègues. Aujourd'hui je vous présente la très attendue Monica. Il y a beaucoup de curiosité de la part de tous, hommes et femmes. Parmi nous, j'avoue que quand je la vois sans vêtements, mon hétérosexualité faiblit beaucoup. Hé, regardez cet enregistrement: après sa capture Je l'ai vue et j'ai été frappé par son physique ainsi que par son visage, alors j'ai mis ses compétences en gymnastique à l'épreuve - elle a du mal à lui donner un faux espoir de s'échapper. Je peux seulement vous dire qu'elle n'était pas armée. (En plus d'être nue, je n'ai pas pu m'empêcher de la déshabiller) contre dix humains modifiés armés de chaînes et de matraques ... eh bien, regardez ":

Le film du combat procède des instants initiaux où elle est vue entourée, au moment de son attaque, puis aux coups qu'elle reçoit, elle qui se lève comme si de rien, sa victoire momentanée. Après la scène, la vidéo se poursuit avec l'entrée des vingt autres qui la rattrapent, non sans difficulté, grâce au réseau, ainsi qu'à l'évidente supériorité numérique. La scène de combat du membre 231 est accompagnée d'un "Oohhh" de stupéfaction générale. Puis elle a été attachée au lit avec des sangles. À la fin de la vidéo, des images fixes mettent en évidence des mouvements acrobatiques presque contre nature, ainsi que ses formes magnifiques.

Julia et Samantha, notoirement droites, se regardent inquiètes.

"Membre 231, tu as raison; je ne connais pas ma collègue Samantha, mais en voyant un spécimen comme ça je peux changer de camp assez facilement; hé, regarde quand ils la frappent, elle a un mouvement fou; animal mais gentil; puissant mais sinueux, vitesse exécution presque inhumaine ... mmm ... qui sait combien de choses nous pouvons lui faire essayer. "

Le membre 231 intervient.

"Eh bien, sans autre paperasse, voici l'original."

Les humains modifiés portent une cage. À l'intérieur, Monica porte un maillot de bain violet. Il est enchaîné aux poignets, aux chevilles et avec un col attaché au sommet de la cage, avec peu de possibilité de mouvement. Bandé et avec un réfracteur dans la bouche.

« Je l'ai bâillonnée, elle est rebelle, je ne veux pas qu'elle offensât mes chers compagnons. Elle m'a déjà offensé, mais je ne suis pas sensible... enfin, aussi parce que je sais ce qui l'attend.

Monica se rend compte qu'elle est surveillée par plusieurs personnes, mais feint l'indifférence.

Paul prend un dard électrique et lui frappe la fesse droite, faisant haleter le cobaye alors qu'elle commence à battre en retraite. Les chaînes, bien qu'épaisses et sûres, permettent une liberté de mouvement en rapprochant l'abdomen de l'avant de la cage; mais là, Sonia l'attend, elle aussi avec un dard, et la frappe au ventre, la faisant reculer.

Les autres se joignent au jeu et pour Monica la situation devient pour le moins « urgente ». Ils la taquinent à tour de rôle, de chaque côté de la cage, parfois à de courts intervalles, parfois avec des pauses sadiques, sans dire un mot.

Les dards ne sont pas particulièrement douloureux, surtout pour un spécimen robuste et sain comme elle, mais ils sont très agaçants et, surtout, provoquent des mouvements incontrôlés du corps, offrant un beau spectacle aux tortionnaires.

Le maillot de bain une pièce ajoute une touche de couleur à votre personnalité, tout en laissant peu de place à l'imagination des spectateurs sadiques. Samantha apprécie la façon dont son corps, lorsqu'il bouge, crée une dynamique musculaire très sensuelle, des choses qui ne pouvaient pas être remarquées sur la photo.

Au bout de quelques minutes, Monica commence à se mettre en colère et à se tortiller comme une fureur sauvage, oubliant qu'elle avait proposé de contenir ses émotions et ses frustrations pour ne pas donner satisfaction à celui qui la torturait.

Paul active sadiquement le dard à l'intérieur de la cuisse avec une action prolongée pendant quelques secondes, obtenant un grognement étouffé par la morsure. Le bruit des chaînes qui se touchent et la vue d'elles enveloppant cette œuvre d'art vivante sont une aubaine pour les tortionnaires sadiques.

Monica est épuisée. Sa colère se transforme en frustration et elle ne peut retenir ses larmes. Malgré cela, les stingers la touchent encore et encore, inexorablement. Maintenant, sa poitrine monte et descend par convulsivité, hors de contrôle.

"Arrêtez."

Le membre 231 ordonne d'amener le cochon d'Inde au centre de la table autour de laquelle des collègues sont assis.

«Chers collègues, voici le programme des premières semaines: chaque matin Monica s'entraînera, elle se maintiendra en forme selon la procédure; Dans l'après-midi, nous ferons toutes sortes de tests, en particulier la première semaine; la nuit, en imaginant déjà que tout le monde veut l'avoir, le premier tour sera à nous ... d'être mon jouet, non salope?"

Il la raille à nouveau avec son aiguillon. Monica émet un «nnnggghhhhh» de rage, surtout au mot «jouet», ne sachant pas à quoi s'attendre, et commence à tirer les chaînes. Étant un peu en sueur, son corps a l'air encore plus animal.

"Nous devrons préparer un calendrier ... ah, en supposant que moi, Robert, Sonia et Paul le veuillent, vous deux, Julia et Samantha? Que pensez-vous? Vous pouvez aussi continuer avec les garçons, si vous voulez, personne ne vous oblige"

"Ecoutez, membre 231, comme je l'ai déjà dit ... je pense pouvoir dire avec une certitude absolue que, pour la première fois, nous nous intéresserons au corps féminin; cela surpasse tout autre cobaye que nous ayons eu."

En disant cela, Samantha passe un doigt du nombril à l'aisselle du chien enchaîné provoquant une autre réaction incontrôlée et un "nnggrrrrr" étranglé.

"La chienne qui aboie ne mord pas; regarde son corps, elle ressemble à une sauvage"

Le membre 231 continue.

«Donc, le lundi Julia et Samantha, le mardi Paul, le mercredi repos (après Paul j'aimerais beaucoup voir s'il se vante encore), le jeudi I, vendredi Robert, samedi Sonia, dimanche repos. Je pense que pour la première semaine, ça pourrait être comme ça. Aujourd'hui, nous allons vous faire un test de vos ... capacités physiques, non, chien? "

Toucher, toucher par derrière sur les fesses avec le sursaut conséquent de Monica.

Routine d'exercice

"nnnggghhhhh"

Monica halète alors que les humains modifiés retirent son bâillon.

Maintenant, c'est à l'extérieur; pour la première fois, il se rend compte qu'il est vraiment sur une île; la vue de la mer autour de Monica a un début désespéré.

Mais maintenant, vous devez découvrir ce qui se passe.

Il y a d'autres personnes habillées comme elle, même en maillots de bain de couleurs différentes, des femmes en bikini ou comme elle en maillot de bain une pièce, des hommes, avec des slips. Ils semblent être des personnes physiquement fortes, des athlètes de toutes sortes. Ils sont entourés d'humains modifiés armés, un couloir qui ressemble à une cage ouverte. De sa position, Monica peut voir que le couloir - la cage continue à perte de vue.

Non loin de là, un homme nu est attaché en X en plein air, à un mécanisme à rotation lente, l'exposant au plein soleil. Monica panique et son sang se refroidit à l'idée de ce qu'ils pourraient lui faire.

Le membre 231 apparaît, avec les deux idiots et d'autres à l'extérieur de la cage.

"Bonjour, cochons d'Inde."

"Bonjour, membre 231"

Les cobayes répondent en chœur, effrayés, exclut Monica.

"Ils ne t'ont pas appris à dire bonjour, salope?"

Monica se tient immobile avec un regard fier.

«Vous savez que votre force ici ne vous aidera pas, non?

Elle hoche la tête et huit humains modifiés l'approchent à l'intérieur de la cage avec leurs armes pointées.

Monica regarde le malheureux qui est tenu de force à l'extérieur au soleil et renonce à la fierté.

"Bonjour membre 231"

«Mais bon, on apprend les bonnes manières; tu n'es pas aussi stupide que tu en as l'air, salope ...»

Monica a un mouvement instinctif pour courir vers la clôture, tâtonner pour l'escalader et la frapper à nouveau, mais dès qu'elle fait allusion à un mouvement, les humains modifiés lui bloquent le chemin et pointent leurs armes sur elle.

Le membre 231 sourit.

"Pour ceux qui ne sont pas familiers avec les règles - un clin d'oeil à Monica - il y a cinq hommes et cinq femmes, plus dix autres qui viennent de terminer, mais qui n'ont aucune idée du temps qu'ils ont déjà fait ... vous ferez un tour de trois kilomètres. Nous partirons dans un ordre aléatoire, ils seront chronométrés. A chaque tour, l'homme et la femme les plus lents s'arrêteront et seront considérés comme derniers classés. Pour le reste, toujours pareil, tous les trois kilomètres il y aura une élimination. Le classement se fait en l'ordre d'élimination et puis par les temps Il va sans dire que les trois derniers seront utilisés ... pour des expériences désagréables, du septième au quatrième ... rien à faire, le deuxième et le troisième un jour de congé et le premier .. . une semaine entière de congé "

Monica ressent la tension chez les autres «concurrents». C'est le quatrième à partir.

Vous ne savez pas quelle stratégie adopter; elle semblait comprendre que tout le monde est un athlète; il doit rivaliser avec les femmes, dont certaines avaient un physique plus massif, pour des courses courtes; dans ces derniers, il peut prévaloir sur de longues distances, mais il a peur d'être éliminé dans les trois premiers kilomètres. Donc, sans trop de calculs, il se concentre sur le fait de faire partie d'une belle carrière.

Dans le premier kilomètre, Monica se rend compte que l'homme qui l'a poursuivie la rattrape. Cela ne devrait pas être un problème, car elle est en compétition avec des femmes, mais c'est la première fois qu'un homme la suit et va encore plus vite qu'elle; peut-être que les autres prisonniers ont été «enlevés» du monde de l'athlétisme; De plus, la façon dont ils sont entretenus et formés chaque jour pourrait augmenter leurs performances. Par conséquent, elle commence à accélérer, un peu effrayée et craintive par les soi-disant «expériences». L'homme ne s'approche plus d'elle et maintient une distance constante. À la fin du tour de l'île, il aperçoit la silhouette d'un homme qu'il a presque atteint. À l'arrivée à la ligne d'arrivée, les humains modifiés sont préparés et les autres sont avec des minuteries et des ordinateurs. Après la ligne d'arrivée, les humains modifiés l'arrêtent avec leurs armes pointues; ils immobilisent l'homme devant elle et le repoussent; il lui semble terrifié et pleurer. Il est évidemment le premier à être éliminé et étant certainement le dernier ou l'avant-dernier il sait à quoi s'attendre. Monica, pensant qu'elle ne sera plus l'une des dernières, prend les derniers mètres avec une vitesse plus calme pour se préparer à une course de fond.

Le moment de vérité: vous passez le but ... vous ne voyez aucun mouvement particulier, vous pouvez continuer. Vous comprenez maintenant la cruauté du jeu: devoir courir sans référence et toujours à votre meilleur. La précipitation prise à la fin du tour la fatiguait un peu, mais elle reprend force et conscience en pensant à tous ses entraînements effectués dans le passé, et en pensant qu'elle, après tout, est Monica G. Avec sa respiration il récupère et commence à accélérer son rythme. Après le deuxième tour, elle est toujours en course et cela la console étant donné la crainte qu'elle ait échappé à ce qui pourrait lui arriver; D'ailleurs, l'homme qui la rejoignait ne s'approche plus d'elle, bon signe. Maintenant, il se rapproche de l'idée de pouvoir gagner au moins un jour de liberté.

Pauvre naïve, Monica ne réalise pas ce qui se passe dans la zone du contre-la-montre. Le membre 231 regarde les données de chronométrage avec incrédulité avec les autres: après un premier tour en ligne avec les autres cobayes, Monica a été la plus rapide au deuxième tour, même devant les hommes; Dans le troisième tour, c'est le seul qui a réduit les temps au lieu de les augmenter; son rythme est admiré de tous: une excellente carrière, qui ne semble pas lui causer la moindre fatigue; ce n'est qu'après les six premiers kilomètres que l'on commence à voir de la sueur sur son corps magnifique, qui embellit ses formes déjà splendides et élancées. Le membre 231 s'adresse à ses collègues:

"Comme vous pouvez le voir, ce que l'on dit d'elle semble être vrai, du moins en course; comme c'est un exemple au-delà de tous les paramètres, alors elle concourra dans la poule, malgré les procédures qui interdisent deux courses le même jour; ici elle pourrait facilement gagner, sans même être trop fatiguée, mais nous lui ferons croire qu'elle a terminé quatrième ... il n'y a aucun moyen de lui donner un jour de congé, j'ai vraiment hâte d'essayer. "

Au quatrième tour, Monica ressent les premiers signes de fatigue, mais sa course se déroule bien et elle voit la possibilité de gagner un repos bien mérité.

Mais au quatrième tour, ils l'arrêtent, avec un peu d'étonnement: est-il possible que quelqu'un ait été plus rapide?

"Bon, salope, comme le premier jour n'est pas mal. Par un poil tu n'as pas fini troisième ... patience, ce sera pour une autre fois"

Ils l'immobilisent et l'emmènent dans le centre de détention, dans sa cellule. Eau à volonté et quelques compléments alimentaires.

Après quinze minutes de repos total, Robert et Sonia s'approchent seuls de la cellule.

«Bonjour Monica»

Robert commence.

Sonia observe, sans la saluer, le corps de la tête aux pieds dans son maillot de bain une pièce.

"Fais attention salope"

Robert sourit.

Monica, malgré les dix milles à une vitesse vertigineuse, a encore de l'énergie. Il se jette de toutes ses forces sur la vitre, donne des coups de pied et des coups de poing, hurle et se précipite sur les deux anciens coéquipiers.

"Bon sang! Qu'est-ce que tu veux de moi? Ils ne m'auront jamais, mais je me tuerai d'abord! Comprends-tu, monstre de la nature? Et toi psychopathe? Tu ne m'auras jamais!"

En réponse, Sonia actionne l'interrupteur qui augmente la température, la cellule étant divisée en deux parties et l'eau s'écoulant d'une douche.

Monica commence à transpirer, la chaleur devient insupportable au bout de quelques minutes.

Sonia se tourne vers Robert effrayé:

"Ne t'inquiète pas, elle aime trop la vie pour se suicider, une chose est des mots prononcés par une bête en colère, une chose est d'être tuée sérieusement ... tu sais, je la connais ... enfin, assez intimement"

Monica, quand elle sent la température monter à nouveau, se rend compte que la sienne est une bataille perdue.

"Ok, ça suffit, je ferai ce que tu veux, dis-moi juste comment mettre fin à ça"

"Faites attention salope"

Monica le fait, les larmes aux yeux.

Sonia appuie sur un bouton, diminue le chauffage, soulève le gril et Monica se dirige vers l'eau.

"Haute"

« Mais comment n'ai-je pas fait ce que tu voulais?

« Pas encore salope; tu dois te changer pour la prochaine course; enlève ton maillot de bain.

Monica le fait à contrecœur.

"Mettez votre maillot de bain dans la fente. Bien. Maintenant, tournez-vous vers nous, agenouillez-vous et mettez vos mains sur votre tête."

Du verre, Robert et Sonia regardent leur prisonnier agenouillé.

Robert intervient, jusqu'à ce moment-là il était resté sur la touche laissant les rênes du jeu à Sonia.

"Je préfère que tu restes debout ... salope"

Monica rougit; Jusque-là, Robert avait semblé amical.

Robert, vous ne pouvez pas supprimer un sourire sadique. Il se remet de sa timidité envers son ancien amour. Maintenant, elle est nue, debout et à sa merci. Vous pouvez voir ses muscles dans chaque pouce, sa poitrine palpitant. La force physique du cobaye est inutile face aux systèmes de retenue de l'île, le contraste entre elle et les deux est encore accentué par sa nudité et le fait qu'elle les domine en stature.

"Eh bien, bien, bientôt on va pouvoir étudier ton corps et sans hâte, maintenant tourne-toi, montre-nous ton cul ferme"

Surprise Monica se retourne avec toute sa majesté. Vue de dos, la fermeté des longues jambes, des fesses et du dos ressort. Les muscles des bras vus de dos sont une sculpture vivante et se déplacent comme des flèches.

"Écartez vos jambes et penchez-vous en avant, maintenant, en posant vos bras sur le sol"

Monica se sent rougir lorsqu'elle sent un objet froid comme le sol dans ses mains.

Au moment où il se penche, il se sent vulnérable à la vue des deux dans toute leur intimité. Les seins abondants se détachent entre les cuisses, les jambes sont droites grâce à une souplesse inhabituelle. Les deux sont convaincus qu'il sera bientôt entièrement disponible.

Monica, dans cette position, après une activité physique intense et une fatigue, ressent une étrange chaleur venant de son estomac; une étrange sensation de plaisir la prend.

"Comment est-ce possible?"

Ils se demandent tous les deux.

Sonia et Robert se regardent un peu surpris, se lisant presque dans les pensées, pris par le doute d'un éventuel goût de leur part.

Sonia intervient

"Eh bien, tu peux te rafraîchir."

Au lieu d'être soulagée, Monica est presque réticente à quitter le poste, mais rejette rapidement l'idée et se dirige vers le courant d'eau, se rafraîchissant.

Fantastic Girl

Le test suivant se fait en bikini, avec un haut rouge et une culotte bleue, le genre de plutôt sobre, volontairement serré pour mettre en valeur ses seins et tétons qui, grâce à l'air frais, étaient assez évidents.

Il se trouve dans une piscine avec un bord haut de deux mètres, pour éviter toute tentative d'évasion. Il y a des hommes et des femmes comme dans la course précédente, les règles sont les mêmes, avec les tours couverts comme paramètre.

Après dix tours, le premier est éliminé. Une femme, effrayée par la perspective des expériences qu'elle s'apprêtait à subir, a l'idée malsaine d'essayer de s'échapper une fois sortie de la piscine. Étant très forte physiquement, elle parvient à vaincre six humains modifiés malgré les menottes aux poignets, avant d'être assommée par les armes étranges.

Monica ne s'arrête pas trop longtemps et essaie de faire de son mieux, malgré la course de dix milles qu'elle vient de faire. La natation est l'une des choses qu'il fait le mieux.

Le membre 231 observe les horaires comme d'habitude et remarque la même tendance qui était déjà évidente dans la course: la fille semble s'améliorer avec le temps. Là aussi, après un départ tranquille, elle commence à être encore plus rapide que les hommes. Et même ici, il a été décidé de «décrocher» sa cinquième, malgré la possibilité claire de pouvoir la voir sur la plus haute marche du podium, encore mieux que les hommes déjà après la première course.

Monica est, même ici, un peu surprise, mais pour l'instant, elle est contente de ne pas avoir terminé aux trois dernières places.

Mais l'idée de s'échapper lui est venue après avoir vu la tentative du nageur précédent.

Il s'est rendu compte qu'à côté de la piscine, il y avait un emplacement d'hélicoptère et peut-être ...

Cette idée la rend enhardie et profite de la ligne qui va être faite avec les nageurs et avant qu'ils ne l'enchaînent à nouveau, elle va profiter de la dernière opportunité qu'elle pense avoir avant ce qui l'attend la nuit avec Member 231, pour essayer d'aller à l'hélicoptère.

Elle abat les deux humains modifiés qui l'entourent et va droit comme une flèche vers le membre 231 qui est surpris par la réaction rapide de la femme.

En ce moment, elle redevient une Fantastic Girl.

Il profite d'un poteau qu'il ramasse au sol et avec son aide le plante sur le sol et avec un saut incroyable il passe par-dessus les gardes que le membre 231 a envoyés dans sa capture après la première réaction surprise, et atterrit à côté d'elle , lui donnant un nouveau coup de pied au visage et l'immobilisant.

«Comment quelqu'un s'approche de moi, je la tue ici même, putain!

Le membre 231 fait signe aux humains modifiés de rester à l'écart.

«Maintenant qu'est-ce que tu vas faire, salope? Je commençais à t'aimer mais après ça tu vas souffrir plus que tu ne peux l'imaginer, salope "

"Tais-toi ou je te brise le cou tout de suite, allons tranquillement à l'hélicoptère ..."

La membre 231 se rend compte qu'il y a une possibilité réelle que son plan fonctionne en la tenant en otage et à quel point elle est forte même après deux tests exténuants....

Alors essayez de la distraire ...

«Ecoute... il y a Sonia et Robert, tu ne veux pas leur dire quelque chose?

Monica cherche un moment où le membre 231 points alors elle en profite pour essayer de s'échapper, mais la force avec laquelle elle la tient est telle que Monica réalise immédiatement la manœuvre et la frappe au ventre.

«La prochaine fois que tu voudras essayer de me tromper, je te tuerai, salope. Où est le pilote d'hélicoptère? Appelez-le pour qu'il vienne le préparer "

Le membre 231 fait ce qu'on lui dit, donc dans quelques instants une personne vêtue de vêtements militaires apparaît à côté de l'hélicoptère et entre pour le mettre en service.

En cela Sonia et Robert sont déjà à côté d'eux avec des visages difficiles à déchiffrer, mais ils semblent confus.

"Membre 231, que se passe-t-il ici?"

Monica les regarde avec une telle haine qu'ils reculent, mais pas assez ...

Même avec le membre 231 soutenu avec un bras, Monica lance une jambe mortelle vers eux, frappant Sonia directement dans le cou. Cela tombe abattu au sol, mort sur place.

Robert est paralysé de surprise et d'horreur en voyant son ami tomber mort, permettant à Monica de lui lancer un autre coup de pied cette fois dans les parties génitales avec une telle force surhumaine que Robert laisse échapper un cri de douleur inhumain et se frotte dessus. sol.

"C'est pour que tes œufs cessent de fonctionner pour de bon, putain de sadique"

Et avec un mouvement rapide, il monte dans l'hélicoptère, déjà en route, derrière le membre 231 qu'il a poussé à l'intérieur.

"Eh bien, vous pouvez imaginer ce que je veux alors commandez-le!"

"Pilote, allons sur le continent"

L'hélicoptère commence à se lever, permettant à Monica de respirer à nouveau, elle avait réalisé qu'elle retenait sa respiration depuis longtemps, et elle commence à voir qu'elle sortait de cet enfer.

Alors que l'hélicoptère est déjà au-dessus de la mer à quelques kilomètres de l'île, Monica, Fantastic Girl, se tourne vers le membre 231 ...

"Salope, c'était agréable de te rencontrer ..."

Et le jette à la mer ...

LE JEU DE DÉSHABILLAGE

Paul et moi étions allés à une fête donnée par des amis à lui.

Il ne connaissait presque personne, mais ils semblaient être un joli groupe.

Paul s'est excusé et a commencé à parler à des coéquipiers qu'il n'avait pas vus depuis la fin de la course, donc je suis resté seul.

Je me suis versé de la sangria et j'ai commencé à boire calmement, cherchant quelqu'un que je connaissais.

Tout le monde était occupé à parler à quelqu'un et il ne voulait interrompre aucune conversation.

Soudain, j'ai vu deux personnes se faufiler par la porte au fond de la pièce.

Avant longtemps, trois autres personnes sont également entrées.

Puis un de plus.

C'était trop pour ma curiosité, alors j'ai décidé de voir ce qui se passait là-dedans.

J'ai ouvert la porte et j'ai vu un grand groupe de personnes regarder vers le centre de la pièce.

Je me suis tenu sur la pointe des pieds pour voir ce qu'ils regardaient et j'ai découvert un garçon d'une vingtaine d'années assis sur une table avec une boîte pleine de petites cartes à la main.

Les gens ont ri sans cesse et cela a piqué ma curiosité encore plus.

J'ai décidé de demander à quelqu'un de le découvrir.

J'ai tapoté une fille devant moi sur l'épaule.

"Hey désolé. Qu'est ce que tout ca? Ai-je demandé, élevant ma voix au-dessus du rire.

"Nous jouons" Oserez-vous? " »Il a répondu« Tu veux jouer?

"Je ne sais pas jouer" dis-je.

"Ce n'est pas grave, je vais vous l'expliquer tout de suite," s'exclama-t-il. Vous verrez comme c'est facile. Lorsque votre tour arrive, vous devez choisir une carte dans la boîte que porte le «modérateur» du jeu, qui est le garçon sur la table. Il y a un «défi» écrit sur la carte que vous devez relever. Si vous décidez de ne pas vous conformer, vous devez payer un engagement. Vous devez enlever quelques vêtements.

" Je comprends maintenant. C'est pour ça qu'il y en a un là-bas sans chemise »dis-je en désignant un homme qui riait. "

"Ça y est" répondit-elle "C'est que nous jouons depuis un moment. En plus de cela, il y en a d'autres qui ont déjà payé un engagement. Cette fille est déjà dans sa culotte et j'ai dû enlever mes chaussures. "

J'ai regardé ses pieds et j'ai vu qu'il disait la vérité.

J'ai souri, je l'ai remercié et j'ai quitté la pièce.

J'ai cherché Paul pour lui demander s'il voulait entrer et jouer avec moi.

"Non chérie" répondit-il "Tu vois si tu veux, je parle à des amis de l'université."

Je suis entré seul.

Ils m'ont dit que pour entrer dans le jeu, je devais d'abord en informer le modérateur.

Je l'ai fait et quand ce fut mon tour, j'ai sorti une carte.

"Avec un bandeau sur les yeux, embrasse trois membres du sexe opposé et devine qui est qui."

Ils ont choisi trois hommes et ils m'ont bandé les yeux.

Le premier semblait vouloir atteindre mes amygdales avec sa langue.

Le second utilisa moins sa langue, mais passa presque une minute à me frotter le cul en m'embrassant.

Le troisième a aussi beaucoup utilisé sa langue et non seulement frotté mon cul, mais aussi caressé mes seins.

Je les ai laissés faire parce que si j'avais arrêté l'un d'entre eux, ils m'auraient éliminé.

J'ai enlevé le bandeau et j'ai frappé les trois, un pour sa barbe et les deux autres pour sa taille.

Quand ce fut à nouveau mon tour, il y avait déjà une femme en soutien-gorge et culotte, et un homme en slip.

J'ai sorti une nouvelle carte.

"Vous devrez montrer vos sous-vêtements à celui qui peut correspondre à sa couleur. Trois personnes peuvent tester."

Quelle malchance! Elle portait un porte-jarretelles et une culotte noire assortie.

Quelqu'un penserait sûrement à dire cette couleur.

Mais le pire était que la culotte était transparente et que je pouvais tout voir à travers.

Pourquoi n'aurais-je pas porté la culotte marron?

Ils ont choisi trois autres hommes.

Le premier a dit qu'il ne portait rien.

J'ai ri et lui ai dit qu'il avait échoué.

Le second a dit que c'était noir.

Bingo! Vous avez bien compris!

Je lui ai dit de se retourner et j'ai soulevé ma robe pour que lui seul puisse la voir.

En me voyant, il siffla avec gratitude.

Le modérateur du jeu a dit que depuis que j'avais perdu je devais enlever un vêtement.

D'un geste sensuel j'ai mis mes mains sous ma jupe, baissé ma culotte et l'ai accrochée sur le cintre avec le reste des vêtements que les autres avaient déjà enlevés.

Lors du quart suivant, deux hommes ont perdu leur pantalon et une femme leur soutien-gorge, et deux personnes ont quitté le match avec seulement dix personnes à gauche.

La femme aux seins nus a rappelé au groupe que je n'avais pas fait le même nombre de tests que le reste des personnes et m'a suggéré de faire deux tests supplémentaires pour me mettre au même niveau que les autres.

Les gens ont ignoré mes protestations et ont rapidement voté pour me donner deux tests supplémentaires consécutifs.

J'ai sorti la première carte.

"Enlevez votre soutien-gorge sans ouvrir de boutons sur votre robe ou votre chemisier."

Au fur et à mesure que mon soutien-gorge s'ouvrait devant, je l'ouvris sans aucun problème et passai un côté sous chacun de mes bras.

Pendant ce temps, tout le monde me regardait et j'ai entendu des gens dire que tout était transparent pour moi.

Le modérateur a déclaré que l'une des règles du jeu interdisait de porter à nouveau un vêtement.

J'ai sorti une nouvelle carte.

"Choisissez trois personnes du même sexe avec le jeu de paille. French Kiss one qui dure au moins une minute."

J'ai cassé trois allumettes, les ai mélangées avec quelques autres et les ai distribuées pour que chaque femme puisse en choisir une.

Celui qui a obtenu l'un des trois matchs brisés aurait un prix.

Joanna, une jeune fille rousse d'une vingtaine d'années, au corps aux courbes parfaites et un peu plus courte que moi, a été la première à en sortir une.

Il a ri et a dit qu'il avait toujours été bon à ce match.

Il m'a fait m'asseoir sur ses genoux et le modérateur m'a rappelé que si j'interrompais le baiser, je perdrais le défi.

Joanna a commencé à m'embrasser avec une grande détermination et, sachant que je n'avais rien sous mes vêtements, elle a d'abord caressé mes seins puis elle a glissé une main sous ma jupe, la laissant juste au-dessus de mon pubis, jouant avec mon clitoris.

J'ai enduré le baiser, mais je n'ai pas pu continuer à m'asseoir avec ces mains expérimentées sur mon clitoris.

Expertement, il m'a fait atteindre un orgasme, pendant que je me tortillais sur ses genoux.

Quand j'ai interrompu le baiser, le groupe a applaudi et j'ai vu que six minutes s'étaient écoulées.

Joanna a toujours gardé sa main sur ma chatte palpitante pendant un moment, puis je me suis levée.

Cependant, il n'a cessé de le presser jusqu'à ce que je me sois éloigné de quelques pas.

Ma respiration était rapide et j'ai commencé à attendre que mon tour revienne.

Un homme a perdu son caleçon révélant une bite épaisse et dure.

Une deuxième femme a perdu son soutien-gorge.

La femme qui n'avait plus de soutien-gorge a perdu sa jupe, ne laissant rien.

Je me demandais ce qui se passerait s'ils perdaient à nouveau.

Paul a choisi ce moment pour entrer dans la pièce.

Le modérateur lui a demandé s'il voulait rester.

Il a jeté un coup d'œil aux seins des deux femmes et n'a pas hésité à dire oui.

Ils lui ont dit qu'il devait accepter cinq défis s'il voulait rester.

Il a sorti sa première carte.

"Avec un bandeau sur les yeux, embrasse trois membres du sexe opposé et devine qui est qui."

J'étais le deuxième et Joanna le troisième.

J'ai frotté Paul comme la première femme l'avait fait, frottant sa queue à travers son pantalon.

Joanna fit mieux, abaissant sa braguette et atteignant l'intérieur.

Paul ne m'a pas frappé (il pensait que j'étais le numéro un).

Il a perdu quatre des cinq vêtements en se tenant là dans son boxer, avec une énorme érection luttant pour se libérer.

Le modérateur a annoncé que les choses étaient allées assez loin et qu'il était temps de tirer les cartes les plus fortes.

J'ai eu le premier.

Ils m'ont bandé les yeux et m'ont mis trois bites dans les mains.

Il devait deviner à qui chacun appartenait.

Incroyablement, j'étais incapable de distinguer Paul des autres.

Avec toutes les personnes présentes dans la pièce qui regardaient, j'ai enlevé mon chemisier.

La femme qui était déjà nue du tour précédent a perdu son défi et tous les hommes ont tiré une paille.

Le modérateur a dit à la femme qu'elle devrait s'asseoir sur la bite de celui qui a dessiné la paille la plus courte pendant au moins cinq minutes.

Je l'ai regardée s'asseoir au-dessus du gagnant alors qu'il enfonçait soigneusement sa bite dans son trou ruisselant, me demandant si ma punition serait la même si je me mettais nue.

Le modérateur a commencé à compter le temps.

Elle a essayé de se comporter comme rien, comme si en ne bougeant pas elle allait nous convaincre qu'elle ne se faisait pas baiser là-bas au milieu de tout le monde, mais les mouvements lents avec lesquels l'homme la pénétrait ont fait, au bout d'environ trois minutes, réagir.

Elle commençait à entrer dans le sujet lorsque le modérateur a dit que le temps était écoulé et l'a obligée à se lever, ce à quoi elle a refusé, se tenant fermement au propriétaire de la bite qui lui procurait tant de plaisir.

Nous avons tous ri de cette réaction amusée, tandis que Joanna et le modérateur essayaient de retirer ce membre en érection de sa chatte affamée.

Ils ont à peine réussi.

Le suivant était moi.

"Regardez les seins de trois femmes et ensuite, les yeux bandés, identifiez-les en les touchant uniquement avec votre langue."

Joanna s'est rapidement portée volontaire ainsi que deux autres femmes.

J'ai regardé leurs seins, mesuré leur taille et leurs traits, puis ils m'ont bandé les yeux.

Ma langue explorait à tour de rôle chacun des seins.

Il m'est venu à l'esprit que si je les léchais avec empressement, ils finiraient par émettre un son de plaisir qui m'aiderait à savoir qui chacun était.

La seconde resta silencieuse jusqu'à ce que mes dents brossent son mamelon et elle ne put s'empêcher de gémir de plaisir.

Le troisième gémit au premier coup de langue.

J'ai dit que Joanna était la première, et ensuite qui pensait-elle que les deux autres étaient.

J'ai bien compris.

Je croyais déjà que le défi était passé lorsque le modérateur a dit qu'il devait purger une peine.

Il s'était rendu compte qu'il avait utilisé ses dents sur l'un d'eux.

Il m'a dit d'enlever ma jupe.

Il allait me dire de continuer à me déshabiller, mais s'est arrêté quand il a vu mon porte-jarretelles rouge et noir.

Il m'a dit que je pouvais continuer avec ma jupe, mais qu'à partir de maintenant je devrais purger les mêmes pénalités que les joueurs qui étaient déjà nus.

Il a fouillé dans la boîte de punition et a sorti une carte.

Il ne me l'a pas montré, mais il l'a fait lire aux trois autres femmes.

Ils se sont approchés de moi, m'ont encerclé lentement et m'ont porté au lit.

Joanna s'est assise dessus et les deux autres m'ont mis à genoux.

La femme dont le mamelon avait été mordu s'est positionnée près de ma tête pour que mon visage repose sur sa chatte.

Il a tenu mes bras pour que je ne puisse plus bouger.

L'autre a tenu mes jambes et a commencé à jouer avec ma chatte.

«Tu as vu à quel point elle est mouillée, Joanna? «Je l'ai entendu dire.

Pendant ce temps, il a commencé à toucher mon clitoris avec un doigt et à explorer mon intérieur avec un autre en même temps.

Involontairement, mes hanches ont commencé à se tortiller sur les genoux de Joanna.

Soudain, ça m'a frappé fort.

Je ne me suis pas plaint, car j'avais peur de rater la punition.

Cela m'a frappé plusieurs fois et s'est finalement arrêté.

«Combien y en a-t-il eu? "je me demande.

«Je ne sais pas» répondis-je effrayé.

"Ensuite, nous recommencerons", a-t-il dit.

Joanna a continué à me fouetter fort pendant que ma chatte était explorée par l'autre fille.

Cette fois j'ai regardé compter les fessées.

Quand il avait vingt ans, il s'arrêta et regarda la femme qui me tenait les bras.

«A-t-il déjà commencé à vous lécher? "je lui demande.

" Je ne réponds pas.

"Nous recommencerons" s'exclama Joanna.

J'ai rapidement enfoui mon visage dans cette chatte qui appartenait à une femme qui, comme vous l'avez peut-être déjà réalisé, ne connaissait même pas son nom.

Joanna n'arrêtait pas de me frapper de plus en plus fort.

Enfin, il s'arrêta.

J'avais compté 23 coups de fouet cette fois, même si j'avais peur d'en avoir manqué.

«Combien en ont-ils été? Il m'a demandé à nouveau.

"Vingt-cinq" dis-je pour être sûr.

«Non, tu devras faire mieux» dit Joanna «Nous recommencerons.

Le reste du peuple applaudissait et applaudissait sans cesse, mais pas moi mais mes tortionnaires.

J'ai aussi entendu Paul féliciter Joanna pour le spectacle qu'elle me faisait monter.

Pendant tout ce temps, les mains qui jouaient avec ma chatte n'avaient pas ralenti d'un iota.

J'avais déjà perdu le compte de mes orgasmes, (il y en avait eu au moins cinq), et à en juger par le nombre de fois où la femme que je mangeais sa chatte m'avait attrapé la tête, elle en avait eu au moins trois.

Joanna arrêta ses coups une fois de plus.

«Combien en ont-ils été? "je me demande.

"Vingt-cinq" répétai-je, me préparant à une nouvelle raclée.

«Bien» dit-il sans plus tarder.

Puis, s'adressant à la femme dans ma tête, il a demandé:

«Virginie, cela vous a-t-il satisfait?

"En ce moment oui" je l'entendis répondre "A moins qu'elle ne fasse pousser une bite ..."

«Et vous, Julia? Il a demandé à celui qui avait exploré ma chatte.

"Oui" répondit-il avec une respiration lourde "Pour moi, ça va."

J'ai commencé à me lever, mais Joanna m'a arrêté et m'a fait m'allonger.

"Ils peuvent être faits, mais je ne" me dis pas ". Maintenant, vous devez compter les dix coups suivants pour que tout le monde dans cette pièce puisse vous entendre. Ensuite, tu m'embrasseras, moi, les chattes de Virginia et Julia pour te remercier du plaisir que tu as eu avec nous. "

J'ai accepté.

Il lui a fallu plus d'une minute pour me frapper dix fois.

Puis j'ai embrassé la chatte de Virginia sans même me lever et l'ai remerciée.

Je me suis levé et j'ai embrassé la chatte de Julia et l'ai remerciée aussi, gardant Joanna pour la fin.

La chatte que je lui ai consacrée a duré environ trois minutes, jusqu'à ce que je la sente enfin venir.

Ensuite, je l'ai également remercié.

En le faisant, j'ai réalisé qu'il pensait ce qu'il disait.

L'expérience avait été des plus gratifiantes.

Maintenant, c'était au tour de Paul ...

Paul a choisi une carte de défi et je pouvais dire d'après l'expression de son visage qu'il n'avait pas obtenu ce à quoi il s'attendait.

"En utilisant uniquement la bouche et les yeux bandés, identifiez les coqs de trois hommes."

«Je ne vais pas faire ça» dit-il en se tournant vers moi.

«Attends une minute» répondis-je un peu agacé «Tu as passé un bon moment à regarder comment je roulais avec trois femmes et maintenant tu ne veux plus faire ça. Je pense que vous êtes injuste. "

"Mais, est-ce que ..." il a commencé à dire "Est-ce que ce sont ... des bites !!"

«Allez» dis-je, voyant que je le convaincais déjà «Rien ne vous arrivera si vous le faites, cela ne vous fera aucun mal. Pensez également à la punition que le modérateur vous donnera si vous refusez. "

Je ne sais pas lequel de mes arguments a finalement réussi à le convaincre, le fait est qu'après y avoir réfléchi un moment de plus, il a annoncé qu'il allait essayer.

J'ai regardé de près les trois bites exposées devant Paul.

Il avait les yeux bandés et tremblait de la tête aux pieds.

J'ai essayé de lui remonter le moral en lui disant que cela m'excitait énormément, ce qui était tout à fait vrai.

Enfin, il se décida et commença à relever le défi.

En fin de compte, ce n'était pas si mal, cela s'est terminé en moins d'une minute et n'en a frappé qu'un.

Le modérateur m'a demandé de l'aider à choisir la punition.

Les yeux toujours bandés, ils le firent asseoir sur le bord du lit.

Les femmes toujours dans la pièce se déshabillaient.

A partir de ce moment, les vêtements ne serviront plus de punition.

Chacun d'eux s'est assis sur sa bite raide pendant exactement une minute.

J'étais le quatrième et Paul m'a reconnu grâce aux bas que je portais encore ou peut-être autre chose.

Il m'a supplié de rester un peu plus longtemps, assez longtemps pour venir.

Je lui ai donné un baiser qui a débouché sa gorge et je me suis assis sur lui pendant quelques instants de plus alors que ses hanches me poussaient encore et encore, essayant d'atteindre l'orgasme rapidement.

Je ne l'ai pas permis.

À la fin de la journée, c'était une punition, alors je me suis levé en le laissant à mi-chemin.

Joanna a été la dernière à insérer sa bite.

Elle l'a réveillé sans pitié et l'a également quitté avant qu'il ne vienne.

«Si vous avez besoin de moi pour choisir une autre punition, n'hésitez pas à me consulter» ai-je proposé au modérateur, tandis que Paul se levait et ôtait le bandeau, épuisé.

"Ne t'inquiète pas" me sourit-il "A partir de maintenant, nous choisirons entre les deux."

J'ai vu Joanna prendre la prochaine carte.

Il l'a lu à lui-même et cela lui a semblé amusant.

Nous lui avons demandé de le lire à haute voix et il l'a fait.

"Choisissez trois hommes et touchez leurs bites. Ensuite, les yeux bandés, asseyez-vous sur eux et identifiez leurs propriétaires."

Elle arpenta la pièce et choisit deux hommes, curieusement, ceux qui avaient les plus grosses bites.

Lorsqu'elle atteignit Paul, elle s'arrêta devant lui et prit doucement sa queue.

Paul a fait un pas en avant, heureux car maintenant il allait avoir la chance de finir ce que nous ne lui avions pas laissé auparavant.

Mais, Joanna la libéra, souriant cruellement.

"Pour l'instant vous en avez assez" dit-il "Si vous êtes bon, je vous choisirai peut-être pour un autre match."

Et elle s'éloigna de lui, le laissant avec une bite raide et un air renfrogné déçu sur le visage.

Je ne pouvais pas m'empêcher de sourire.

Cela lui a bien servi.

Joanna a choisi le troisième et l'a amené avec les deux autres.

Elle a touché chacun des bites jusqu'à ce qu'ils soient durs et quand elle a eu fini, elle avait les yeux bandés.

Puis il s'est empalé sur chacun d'eux, sans donner à aucun des trois une chance de venir.

Elle est venue dur sur la troisième bite.

Incompréhensiblement, aucun d'entre eux n'avait raison.

Nous avons tous réalisé que j'avais échoué exprès, même le modérateur qui m'a appelé pour délibérer.

Enfin, nous avons trouvé une punition selon la personnalité de Joanna, même si au fond nous savions tous que plus qu'une punition, c'était un cadeau pour elle.

Nous avons attaché Joanna au lit face contre terre, de sorte que sa taille soit pliée au bord, la laissant à genoux avec son cul exposé à nous tous.

La punition consisterait à ce que chaque homme la baise par derrière pendant exactement une minute.

Je serais à ses côtés pour lui présenter chacune des bites.

Le modérateur prendrait du temps.

Un geste de sa part serait le signal que le temps était écoulé et qu'ils devraient retirer sa bite.

S'ils refusaient, je serais chargé de l'enlever de force (en les prenant par les œufs si nécessaire).

Je suis allé vers Paul et lui ai dit quelque chose à l'oreille.

Puis j'ai pris ma place.

J'ai attrapé le premier des six bites qui allaient entrer dans le trou de Joanna à deux mains.

«Le pourboire est un peu sec» ai-je menti, car tout ça me rendait le plus excité «Je pense que je vais devoir l'humidifier avec ma langue».

Je l'ai fait, en recréant plus que nécessaire, ce qui m'a valu une réprimande de la part du modérateur.

Ensuite, je l'ai présenté de manière experte.

Juste au moment où Joanna commençait à se déplacer à temps avec son partenaire, la modératrice m'a donné le signal d'arrêter.

J'ai attrapé son sexe doucement et l'ai sorti rapidement.

J'ai aussi humidifié le second avec ma bouche chaude, car, comme je l'ai dit, c'était « nécessaire ».

Quand je l'ai mis dedans, sa bite a commencé à entrer et sortir à une vitesse fulgurante.

Malgré cela, je l'ai retirée avant qu'elle ne puisse obtenir de satisfaction.

Le troisième et le quatrième se passèrent de la même manière.

Le modérateur était le cinquième.

Je regardai sa bite et secouai lentement la tête.

"Je pense que je vais devoir mouiller cette bite aussi" dis-je malicieusement.

Je l'ai mis dans ma bouche et j'ai commencé à le lécher et à le sucer comme s'il n'y avait personne d'autre dans la pièce.

J'y ai consacré plus de temps qu'à aucun autre.

Enfin, il m'a arrêté avec sa main.

"Je pense que ça suffit" dit-il, haletant d'excitation.

« Tu es sûr que tu veux que je m'arrête? Ai-je demandé sensuellement.

« Pour l'instant oui » m'a-t-il dit « Plus tard, je peux te laisser continuer.

Le modérateur était exactement une minute et était celui qui était le plus proche de jouir, à cause de l'excitation que ma bite lui avait provoquée.

Paul était le dernier.

Joanna avait poussé ses hanches fort contre les deux dernières bites, essayant d'atteindre l'orgasme, mais n'y réussissant pas.

J'ai décidé que je la ferais souffrir un peu plus avant la dernière attaque.

J'ai lentement écarté les lèvres de sa chatte avec l'excuse que de cette façon la bite entrerait plus facilement.

Cela fit frémir Joanna de plaisir.

Puis mon doigt glissa sur son clitoris, l'excitant encore plus.

J'ai pensé que cela suffisait et j'ai laissé Paul s'approcher.

Il la poussa à l'intérieur, car la chatte de Joanna était plus que lubrifiée.

Il a commencé à lui donner de puissantes poussées comme les autres l'avaient fait, mais après le quatrième, je l'ai enlevé et lui ai poussé le cul dans le cul.

Juste à la fin de la minute de rigueur, le modérateur m'a donné le signal de l'enlever.

Joanna repoussa avec ses hanches pour essayer de maintenir le membre enflé en place, mais sans succès.

Le modérateur m'a regardé.

"Maintenant, nous voterons pour décider de la punition que nous vous infligerons", m'a-t-il dit en parlant à haute voix pour que le monde entier puisse l'entendre.

" Châtiment? À moi? Mais pourquoi? Dis-je, incrédule.

«Pour avoir changé les règles du jeu précédent» répondit-il «Les bites ne pouvaient entrer que dans sa chatte et non dans son cul. De plus, tu n'avais pas le droit de manger tous les coqs sans ma permission ».

Personne n'a voté contre.

Pendant ce temps, j'ai regardé Joanna rouler sur le dos, sa main flottant lentement vers son clitoris affamé.

Les gens avaient pris une décision.

"On va vous bander les yeux et puis on fera tous ce qu'on veut sans que vous sachiez qui a fait quoi" s'est exclamé le modérateur en souriant.

Soudain, quelqu'un m'a bandé les yeux et plusieurs mains m'ont poussé sur le lit.

Une seconde plus tard, un coq est entré dans ma bouche et j'ai commencé à le sucer avidement.

Une deuxième bite a creusé dans ma chatte dégoulinante, mais après quatre poussées, elle est sortie.

Ensuite, j'ai eu l'impression que quelqu'un me séparait les fesses et immédiatement après, une autre bite (ou peut-être la même) est entrée dans mon cul avec une seule poussée.

J'avais envie de crier mais la bite qui s'était enfouie dans ma bouche m'arrêta.

Ils m'ont lentement mis de mon côté, pour que ni les bites qui me baisaient ni les deux bouches qui commençaient à me sucer les seins ne s'échappent de leurs cibles.

J'ai remarqué qu'au moins l'un d'entre eux était celui d'une femme car sa peau du visage était très douce, sans trace de barbe.

Plusieurs personnes se sont rassemblées autour de mon sexe et ont essayé de me pénétrer.

Après une légère lutte, l'un d'eux réussit.

Telle était la bagarre qui s'était formée entre les gens entre mes jambes, que j'avais l'impression que plusieurs personnes me baisaient en même temps.

C'était comme si tout le monde s'était mis sur moi.

La bite dans ma bouche entrait et sortait d'elle sans relâche, tandis que la bite dans ma chatte continuait de pomper, mais avec une certaine difficulté.

Celui sur mon cul me pénétrait encore, mais il semblait que la plupart de la stimulation de son propriétaire provenait de mes efforts pour contrer les poussées de tout le monde.

Apparemment, les deux personnes qui suçaient mes seins avaient décidé de m'exciter et de me stimuler au maximum.

La vérité est que j'étais content d'avoir les yeux bandés, donc je pouvais me concentrer pleinement sur ce qu'ils me faisaient.

Voir ce qui se passait n'aurait servi que de distraction.

Une des filles a pris ma main, l'a mise sur sa chatte et a commencé à se frotter avec mes doigts, les utilisant pour se masturber.

Elle était tellement confuse par tout qu'elle ne pouvait pas réagir.

C'était comme si j'étais devenu un objet, comme si j'avais été privé de ma volonté.

La bite dans ma bouche a commencé à palpiter.

Quelques secondes plus tard, un filet de lait me monta à la gorge.

J'ai essayé de tout avaler, mais certains sont tombés sur ma joue.

Avant que je puisse récupérer, ils ont remis une chatte à sa place, que j'ai commencé à lécher sans tarder.

Apparemment, les deux qui baisaient ma chatte et mon cul avaient trouvé un rythme commun.

Avec leurs poussées, ils m'ont fait venir.

J'étais au milieu de mon deuxième orgasme, quand j'ai entendu un cri et l'homme qui conduisait ma chatte est venu.

Puis, alors qu'il se retirait lentement, j'ai senti son sperme commencer lentement à s'écouler de mon trou.

Son partenaire, entièrement dédié à mon cul, n'arrêtait pas de pomper encore plus fort.

Un visage est apparu sur ma chatte et a commencé à la lécher passionnément.

La sensation d'être baisée dans le cul pendant que quelqu'un d'autre mangeait ma chatte était nouvelle pour moi.

J'ai recommencé à jouir.

Quelqu'un a commencé à me tirer les cheveux.

Malgré la difficulté, j'ai essayé de continuer à me plier aux exigences de la chatte qui était sur mon visage.

Une nouvelle bite est apparue dans ma main et j'ai commencé à la remuer de haut en bas.

Une des bouches qui se trouvaient sur mes tétons a disparu, prenant sa place une paire de mains fortes qui ont commencé à frotter mes seins, les pétrissant comme si c'étaient de la pâte à pain.

"Je pense que cette fille veut être fessée plusieurs fois" dit une voix à ma droite que je ne pouvais pas savoir à qui il appartenait.

La chatte que je suçais se rapprocha encore plus de mon visage.

Je l'ai léché du mieux que j'ai pu.

Ses cuisses ont écrasé ma tête alors que j'atteignais l'orgasme.

Rapidement, un nouveau coq l'a remplacé et s'est frayé un chemin dans ma bouche.

J'ai imaginé une file de personnes faisant la queue à chacune de mes attractions, attendant leur tour.

J'ai réalisé que j'avais perdu tout lien entre ces organes sexuels et les personnes auxquelles ils étaient attachés.

Le bandeau avait tout emporté sauf ma capacité à ressentir ce qui se passait.

Je devais admettre que depuis le moment où je suis entré dans cette pièce, j'avais secrètement espéré que quelque chose comme ça pourrait arriver.

La vérité était que, depuis que Joanna avait excité mon clitoris pour la première fois avec ses doigts, elle était dans un état d'excitation constante.

Apparemment, l'homme qui me baisait avait finalement atteint le point de non-retour.

Il a attrapé mes hanches et a pris le contrôle de mes mouvements.

Quelques secondes plus tard, j'ai senti à quel point de gros jets de sperme étaient lancés de sa bite dans mes entrailles.

Puis il s'est allongé à côté de moi et j'ai senti sa bite se ramollir, sortant lentement de mon cul.

Immédiatement après, il était parti, laissant mon arrière libre.

La bouche de ma mésange droite a été remplacée par une autre main forte. Maintenant, mes seins étaient massés en équipe.

Soudain, une des mains a disparu.

Quelques secondes plus tard, j'ai remarqué quelque chose dans ma poitrine, dans la vallée formée par mes deux seins.

C'était une main, une main enduite d'une sorte de lubrifiant.

Il a passé en revue mes seins encore et encore, les enduisant de ce liquide visqueux.

Quelqu'un est monté sur mon ventre, a grimpé sur mon corps et a placé une bite dure entre mes seins lubrifiés.

Ses mains rejoignirent mes seins, les transformant en une chatte prête à être baisée.

Les hanches de l'homme ont commencé à bouger d'avant en arrière à un rythme insensé.

La bite dans ma bouche a disparu sans tirer sa charge dans ma gorge et la bite dans ma main a été remplacée par une chatte enflammée.

Quelqu'un m'a embrassé sur la bouche, je pense à une femme, enroulant sa langue dans ma gorge.

Je pouvais sentir le sperme couler de mon cul et de ma chatte.

La bite qui baisait mes seins augmentait sa vitesse.

Quelqu'un a levé mes jambes, exposant ma chatte.

Ils m'ont fouetté durement dans le cul dix fois, tandis qu'une main prenait place sur ma chatte, me masturbant.

Le coq sur ma poitrine a commencé à cracher du sperme avec force.

Il m'a frappé au visage puis est tombé dégoulinant d'elle.

Il devait aussi avoir atteint la femme qui m'embrassait, mais cela ne l'a pas empêché de me fourrer la langue une seule seconde.

Le membre déjà flasque s'est éloigné de mes seins.

La bouche qui s'embrassait s'éloigna également, tout comme le doigt de mon clitoris.

Pendant un moment, je restai allongé là, épuisé.

Une minute environ plus tard, le bandeau a été enlevé.

Ils m'ont donné une serviette et je me suis doucement essuyé avec tout en regardant le groupe assemblé.

Parmi eux se trouvait Paul, mon petit ami, qui avait également participé.

Je me suis rendu compte que je ne l'avais pas reconnu parmi tous ces gens qui me procuraient du plaisir sans arrêt.

"Maintenant, vous allez remercier chacun d'entre nous pour vous avoir offert un moment aussi agréable" m'a dit le modérateur "Mais vous le ferez d'une manière très spéciale."

Quelques instants plus tard, il embrassait chacune des chattes des femmes.

Ensuite, j'ai mis chacun des coqs des hommes dans ma bouche, en remerciant chacun d'eux.

Juste à ce moment, la porte s'ouvrit.

" Où est tout le monde ? "Dit le nouveau venu" Merde, je pense que je n'ai pas la bonne chambre! "

FEMME LATINE SOUMISE

147

Juliette a reçu d'autres instructions dans une lettre.

C'était une enveloppe blanche avec "Confidentiel" écrit en gras.

Les jambes de Juliette ont commencé à vaciller avant qu'elle ne puisse ouvrir l'enveloppe.

Il se souvenait avoir parlé à Paul hier soir.

Quel sera votre prochain plan audacieux?

De leur relation au cours des derniers mois, elle gagnait de nouvelles perspectives sur elle-même et sa sexualité.

Avant que Paul ne soit présenté, il pensait en savoir beaucoup sur le sexe.

Mais depuis sa relation avec Paul, elle avait commencé à faire beaucoup de choses qu'elle n'avait jamais imaginées auparavant.

Elle avait oublié plusieurs de ses idées fausses sur elle-même.

Avant de rencontrer Paul, elle pensait être complètement satisfaite du sexe.

Mais elle s'est vite rendu compte qu'elle n'était pas satisfaite de ce qu'elle faisait.

Il lui avait bandé les yeux lors de leur deuxième rendez-vous.

Julieta n'aurait jamais imaginé à quel point notre corps peut devenir sensible lorsque nous ne pouvons pas voir.

Chaque membre était asymptomatique au toucher, et elle était envahie par la curiosité de savoir quel point allait être touché ensuite sur son corps.

Il sentait que chaque contact de son corps devait durer éternellement et il avait du mal à apprécier chaque contact.

La fois suivante, Paul a attaché ses membres au lit.

Sentir que nous sommes impuissants «émotionnellement, quand nous voyons notre propre corps nu, notre partenaire l'apprécier, et nous ne pouvons rien faire, nous ne pouvons pas résister, nous ne pouvons rien éviter nous-mêmes, ce sentiment est très différent.

Vous utilisez son beau corps juvénile à votre guise, devant vos yeux ... et vous voulez juste ressentir ce que cela vous fera.

Sentiments mixtes d'impuissance et d'excitation.

Ils jouaient constamment à ces nouveaux jeux et elle appréciait tous ces jeux au maximum, appréciant la créativité de Paul.

Fait intéressant, Juliet, qui croyait que sa nature était agressive et dominatrice, abandonnait facilement Paul dans le jeu de la romance.

Non seulement cela, elle adorait se donner complètement, lui donner son corps, faire ce qu'il ferait, faire ce qu'il lui disait de faire.

Elle commençait à sentir que quelqu'un devait la dominer, lui faire faire n'importe quoi.

Ce changement de nature l'avait prise par surprise.

Hier soir, Paul avait dit que l'audace de demain serait le point culminant du match jusqu'à présent.

«Vous entendez tout ce que je dis, n'est-ce pas? Il avait demandé.

La soumission lui était venue simplement en lui demandant.

«Oui, Seigneur, je ferai ce que tu me dis,» répondit-elle doucement.

Elle pouvait parler très doucement, mais cette découverte n'a commencé que lorsqu'elle a rencontré Paul.

"Eh bien, demain, vous recevrez une lettre dans votre bureau. Cette lettre contiendra d'autres instructions pour vous."

... et maintenant il avait vraiment cette lettre dans sa main!

Les mains tremblantes, il brisa le sceau de la lettre.

Que serait écrit dessus?

Quel sera le prochain plan audacieux de Paul?

Que devrais-je faire pour lui aujourd'hui?

Un peu effrayée, un peu gênée aussi, elle a commencé à sortir le papier blanc à l'intérieur de l'enveloppe, à voir et à lire ...

"Esclave

1. Préparez-vous pour notre match de ce soir à huit heures, soyez courageux.

2. Vous devriez vous habiller comme ceci: pantalon rouge doux, chemisier assorti, culotte-soutien-gorge assorti, boucles d'oreilles dorées dans les oreilles, ceinture argentée et chaussures à talons hauts.

3. Une Mercedes viendra vous chercher à huit heures. Le chauffeur saura où aller. Il vous donnera plus d'instructions plus tard. Tout comme vous suivez mes instructions maintenant, vous devez également suivre ses instructions la nuit.

4. De plus, vous ne prendrez rien d'autre puisque vous n'en aurez pas besoin. Vous n'avez pas besoin de sac ou de quoi que ce soit d'autre. "

La poitrine de Julieta palpitait d'excitation jusqu'à ce qu'elle ait fini de lire les instructions.

Excitée par ce qui allait se passer aujourd'hui, elle a commencé à se mouiller.

Paul, un dress code, huit heures du soir, chauffeur Mercedes ... rien de plus.

Il réussissait toujours à la distraire au travail.

Un peu effrayant, un peu d'excitation, un peu de plaisir, beaucoup de curiosité ...

Jusqu'à présent, aussi audacieux que soient leurs jeux, ils avaient été joués dans des lieux «privés».

Parfois chez Juliette, parfois chez Paul, et une fois à l'hôtel.

Mais elle se rendrait seul à Paul ... mais aujourd'hui elle rencontrerait une troisième personne, le conducteur de cette Mercedes!

Paul a-t-il donné au conducteur des instructions audacieuses?

Paul a dit, vous devez obéir à tout ce que dit le chauffeur ...

Que se passe-t-il si le chauffeur lui demande de retirer ses vêtements dans la voiture?

Ou s'il lui demande de l'embrasser assis dans la voiture?

Ou si vous l'inclinez en conduisant ... ??? Oh mon Dieu

Pourquoi a-t-elle confessé tout cela à Paul?

A-t-elle fait une erreur en lui faisant tant confiance?

D'une part, avec de tels doutes en tête, elle croyait également que Paul ne permettrait à aucune situation de se produire qui la mettrait en danger.

Elle se sourit, réalisant que l'idée que le chauffeur la force à se déshabiller était aussi terrifiante que passionnante.

A huit heures, Juliette s'était habillée et déshabillée trois fois.

Au début, il portait un pantalon rouge, mais ce n'était pas doux.

J'ai l'air bien comme ça, pourquoi devrais-je lui prêter autant d'attention ...

En disant cela, sans s'en rendre compte, il avait enlevé son pantalon et recherché un rouge plus doux.

Puis il a commencé à chercher les boucles d'oreilles en or.

Il n'avait jamais eu la chance de porter ces boucles d'oreilles car il avait l'habitude de porter un jean et un t-shirt, mais Paul avait dit une ou deux fois qu'il les aimait beaucoup.

Curieusement, elle ne se souvenait pas quand elle avait dit à Paul qu'elle avait une ceinture d'argent.

Mais il avait écrit la même chose dans sa lettre, donc il devait le savoir, c'est sûr.

Tout en appréciant mentalement son intelligence ...

... L'horloge sonna huit heures et une voiture klaxonna sur la route.

Julieta descendit les escaliers en courant et regarda à travers le judas de la porte d'entrée.

Devant la porte se trouvait une longue Mercedes noire.

Elle retira son sac de son épaule et le jeta sur le canapé du couloir, verrouilla la porte d'entrée, déverrouilla la porte et se dirigea vers la Mercedes.

Le chauffeur en uniforme lui a ouvert la porte arrière.

Le conducteur était d'âge moyen et en apparence.

Elle s'assit à l'intérieur, se demandant s'il lui donnerait déjà des instructions.

le conducteur a très poliment fermé la porte, s'est assis et a démarré le moteur.

Comme prévu, rouler dans une Mercedes était vraiment confortable, mais cela ne le dérangeait pas.

Maintenant, ce pilote vous dira quoi faire, comment et si vous voulez vraiment obéir à ce qu'il dit ...

Beaucoup de ces pensées bouillonnaient dans son esprit.

La Mercedes a filé dans les rues animées de la ville.

Petit à petit, le trafic environnant est devenu moins dense et il s'est rendu compte qu'ils avaient quitté la ville et pénétré dans la zone industrielle.

Les usines et les immeubles de bureaux de chaque côté de la rue étroite ne semblaient pas familiers.

Soudain, le conducteur a ralenti la Mercedes et est entré dans un terrain qui semblait abandonné.

Bien que la vitesse du véhicule ait été suffisamment lente pour entrer par la route principale, elle n'était pas assez lente pour lire les lettres sur le panneau à l'extérieur du colis.

À l'intérieur de l'intrigue, Juliette aperçoit une cabine de vigile avec une vieille porte délabrée.

Le chauffeur a arrêté la voiture et est sorti.

Il revint et ouvrit la porte à Juliette.

Dès qu'elle est sortie, il a fermé la porte et l'a attrapée par le cou et l'a conduite à la cabine Vigilante effondrée.

Juliette n'avait pas encore entendu la voix du chauffeur.

Cette cabine de quatre pieds sur quatre avait un comptoir à l'avant.

Le jeune homme assis au comptoir dit au chauffeur:

"Merci mon ami, à la prochaine fois."

Le conducteur a juste souri et a rapidement tourné et est parti.

Maintenant, Julieta était seule devant ce jeune homme inconnu mais beau.

Il y avait de la magie dans son sourire.

"Juliette, n'est-ce pas ton nom? Suis-moi," ordonna le jeune homme.

Juliette le suivit attentivement.

Les deux sont entrés dans une pièce ressemblant à un bureau à l'arrière du bâtiment à moitié en ruine.

Il n'y avait rien dans la chambre mais une table et des chaises dans le coin.

"Êtes-vous prêt pour l'aventure unique d'aujourd'hui Juliet?" Il a demandé à devenir sérieux.

"Euh? Peut-être ..." dit Juliette en devenant un peu nerveuse.

"Eh bien," dit-il en souriant mystérieusement, "à tous ceux qui vous donnent des instructions ce soir, vous les suivrez attentivement. Sans aucun doute ... et sans demander à personne. Certaines des suggestions seront étranges ou étranges, mais croyez-moi, vous sera plus heureux. si vous suivez les instructions. Alors faites ce que l'on vous dit, sans honte, peur ou peur. "

"Ok. Que dois-je faire?" Demanda fermement Juliette.

En regardant le corps sexy de Juliette, il a dit:

«Écoutez donc. Commencez par enlever vos vêtements.

"Tout?" Demanda Juliette avec hésitation.

"Non," dit-elle avec un sourire malicieux, "enlève tout sauf la culotte, les boucles d'oreilles, la ceinture argentée et les talons."

Juliette ne savait pas si elle avait bien entendu les instructions.

Il lui avait donné des instructions avec des mots très clairs et d'une voix élevée.

Cependant, Juliette a estimé qu'il n'avait pas été en mesure de dire quoi que ce soit de cela.

Même après avoir digéré sa suggestion avec beaucoup d'efforts, elle attendait toujours qu'il quitte la pièce ...

Elle pensa qu'elle devrait au moins lui tourner le dos.

Bien sûr, Juliette savait qu'elle attendait beaucoup, mais quand même ...

Dans un accès de rage, il baissa son pantalon, laissant sa ceinture.

Elle déboutonna le premier bouton de son chemisier et le regarda pour lui montrer que tu n'es pas moins dans cette situation.

Mais dès qu'elle remarqua que son regard glissait alors qu'elle enlevait un autre bouton, elle se regarda par inadvertance.

Elle était gênée de voir le soutien-gorge rose très serré qui était clairement visible après que deux boutons se soient détachés du haut.

Ses seins charnus et doux luttent pour sortir de lui.

Excitée, elle se mit à respirer de plus en plus fort, et ses seins déjà rebondis semblaient gonfler.

Sans perdre plus de temps, elle déboutonna tous les boutons manquants de son chemisier.

Dès qu'il enleva le pantalon de ses pieds, elle lui jeta un coup d'œil et retira son chemisier serré à la ceinture des deux mains.

Puis, les repoussant et bien sûr gonflant encore plus sa grosse et belle poitrine, elle a également retiré les crochets du soutien-gorge.

Mais pendant quelques instants, elle resta dans la même pose et le regarda.

Il s'avança, regardant ses seins gonflés.

Se rendant compte qu'il n'y avait pas d'échappatoire, Juliette roula des yeux, prit une profonde inspiration et retira lentement son soutien-gorge à deux mains.

Elle n'avait pas le courage de le regarder dans les yeux maintenant.

Et puis il s'est rendu compte qu'il attendait toujours qu'elle sorte ou lui tourne le dos.

Mais elle aurait pu lui-même tourner le dos alors qu'elle se déshabillait devant cet étrange jeune homme!

Mais elle avait effrontément enlevé ses vêtements un par un devant lui ...

Elle était encore plus gênée par cette pensée.

"Pliez vos vêtements et mettez-les sur la table," Julieta reprit conscience à sa prochaine suggestion.

Elle ouvrit les yeux, mais, évitant son regard, elle ramassa le pantalon, le chemisier et le soutien-gorge qui roulaient le long de ses jambes et s'approcha de la table.

Les pliant soigneusement, elle les posa sur la table et se tint devant lui, mais pas loin derrière.

"Maintenant, retournez-vous et tenez-vous les deux mains en arrière," ordonna-t-il à nouveau d'une voix sérieuse.

Maintenant, tournant le dos, se demandant à quoi cela servirait, elle se retourna et fit un signe de ses deux mains comme si elle était devenue très paresseuse.

Elle hocha la tête, le sentant venir vers elle.

Ses poignets délicats ont été touchés par du métal froid alors qu'elle pensait à ce qui allait se passer ensuite.

Quelle nouvelle chose est-ce, elle a demandé, jusqu'à ce que quelque chose clique et les deux mains soient prises dans la même pose qu'il lui avait dit.

Oh mon Dieu. Vous êtes ici dans un endroit inconnu, avec un homme inconnu, en ce moment, dans un tel état ... et maintenant si sans défense !!

Peu de vêtements sur le corps, pas de téléphone à proximité, pas de sac ...

À quoi serviraient-ils?

Les deux mains étaient coincées dans des chaînes par derrière.

Paul n'est pas en vue.

Et ce jeune homme étrange mais beau se rapproche si près de vous ... stupide!

Tu es stupide, Juliette.

Pourquoi les gens croient-ils si aveuglément?

Et cela aussi chez une personne comme Paul ... à quel point le connaissez-vous?

Que va-t-il vous arriver maintenant.

Oh mon Dieu, qu'est-ce que j'ai fait ...

"Allez," dit-il, n'attendant pas qu'elle marche, mais se tenant à ses chaînes et marchant vers la porte.

Il était inutile de protester.

Dès qu'elle fut sortie, un souffle d'air froid balaya Juliette et des larmes lui montèrent aux yeux.

Il marchait à pas lourds.

Il l'a presque traînée dans le parking sombre.

Dans un tel état à moitié nu, il a également senti le soutien de cette obscurité, mais ...

Mais qu'est-ce que c'est?

La honte de son propre corps à moitié nu, de sa propre impuissance, de la compagnie involontaire de cette jeune inconnue, alors qu'elle avait peur, l'excitait aussi impuissante.

Elle avait honte de ressentir les douces sensations qui avaient lieu couvertes par le seul vêtement qui restait sur son corps.

Elle ne savait pas exactement à quoi vous pensiez.

Même si son corps était froid, elle avait chaud en quittant la pièce et dans le parking, avec le contact de son corps en marchant et la forte prise de la barre de manille.

Ses tétons en chocolat noir se resserrèrent et commencèrent à lui faire mal à cause de l'air froid.

On aurait dit qu'il tenait la barre avec ses deux mains très fermement ... mais elle avait les deux mains coincées derrière son dos.

Et puis ce qui lui arriverait s'il avait les deux mains libres.

S'il lui pinçait les tétons raides avec la même force qu'il tenait sa barre ...

Juliette était terriblement surprise par ses propres pensées.

A quoi pensiez-vous il y a quelques instants?

A cause de cette impuissance, de la honte, les larmes venaient d'atteindre ses yeux.

Maintenant, le contact de la main rocheuse de cet inconnu devrait toucher notre partie la plus intime, la pensée ... ou le désir ...

Dieu!

Qu'est-ce qu'il m'est arrivé

Quelles pensées vous viennent à l'esprit?

Paul, où es-tu, maléfique?

Vous ... vous m'avez fait comme ça!

Serai-je capable de me regarder dans le miroir demain ou pas?

Il y avait une petite porte au bout du parking.

L'étranger ouvrit la porte et poussa Juliette à l'intérieur.

C'était comme une grande chambre vide.

Julieta plissa les yeux et essaya de regarder autour de lui, mais tout était sombre à l'exception de la lampe qui pendait au milieu de la pièce.

Il la tira de nouveau et la plaça sous la lampe.

Son beau corps, qui avait été couvert de ténèbres depuis si longtemps, était à nouveau exposé.

Embarrassée et soudain la lumière dans ses yeux, elle essuya ses yeux avec force.

Quelques instants passèrent dans un silence extrême.

Il n'y a pas de mouvement, il n'y a pas de mouvement.

Je me demande s'il m'a laissé ici ...

Elle sentit son toucher effleurer sa taille linéaire.

Une ou deux fois, le contact se déplaça lentement des deux côtés de sa taille vers ses aisselles, puis glissa vers le bas et glissa le long des bords de sa culotte.

Julieta s'essuya les yeux comme si elle savait ce qui allait se passer ensuite.

Les doigts de ses deux mains abaissèrent les bords de sa culotte rose.

Sa culotte se coinça quand ils atteignirent ses cuisses.

Les mains liées dans le dos, il ne pouvait rien faire.

Les doigts de sa main gauche s'avancèrent par derrière avec autorité et se mirent à abaisser le devant de sa culotte, les pinçant, touchant son vagin mouillé.

L'instant suivant, le dernier vêtement sur son corps, bien que nominalement, tomba à ses pieds.

«Mettez-les de côté», résonna sa voix puissante dans ce vide.

Il relâcha ses jambes de sa culotte sans réfléchir.

Maintenant, elle était complètement nue, nue, nue.

Sans oublier, il restait quelques choses sur son beau corps: des boucles d'oreilles, une ceinture en argent et des talons hauts.

Bien sûr, rien de tout cela n'a permis d'éviter l'embarras, mais elle a commencé à penser à elle-même alors qu'elle faisait face à la situation dans laquelle elle se trouvait.

"Reste toujours là," dit-elle, donnant l'ordre suivant.

Bien que Juliette ait ouvert les yeux maintenant, elle ne voulait pas lui désobéir.

En pensant à ce qu'il faisait, il l'entendit pousser quelque chose.

Elle regarda vers la droite et le vit.

Il poussait quelque chose à roulettes vers elle.

C'était une table.

La table était à peu près à la taille.

Des lanières en cuir étaient attachées sur la table.

Il a amené la table juste devant elle.

Puis, l'entourant à nouveau, il la poussa en avant et la pencha sur la table.

«Écarte les pieds, Juliette», ordonna-t-il.

Elle bougea docilement les deux jambes légèrement chacune sur le côté.

«Plus encore,» cria-t-il, et elle se leva les deux jambes grandes ouvertes.

Maintenant, son vagin mouillé touchait le cuir sur la table.

Dès que ses jambes ont rencontré les jambes de la table, il a lié ses deux jambes étroitement avec les lanières de cuir.

Il lui était désormais impossible de bouger.

L'entourant, il libéra ses mains des chaînes.

Il sourit et se tint devant elle.

Alors qu'elle regardait son corps nu, les yeux de Juliette s'abaissèrent automatiquement d'embarras.

Il a continué à donner des ordres.

"Descends et touche tes orteils."

Quand elle se pencha, il se pencha en avant et attacha ses mains à ses jambes.

Peu importe à quel point elle était courageuse, Juliette était terrifiée par cet état d'impuissance.

À ce stade, elle était incapable de bouger seule.

Son vagin humide et ses fesses pleines étaient complètement exposés devant «cet» inconnu.

Non seulement cela, mais son vagin, et même son trou du cul, devaient lui être visibles maintenant.

Elle essayait de contrôler sa respiration, se demandant ce qu'il ferait ensuite.

Pendant une minute, elle ne remarqua aucun mouvement de sa part, mais elle réalisa ensuite qu'il était très près d'elle.

Et en même temps, il ressentait une touche très familière, mais dans un endroit inattendu ...

Vaseline! Oui, c'était de la vaseline.

Il a frotté de la vaseline dans son trou arrière avec un doigt enduit.

Il l'étala autour d'elle pendant un moment puis inséra son doigt dans son anus.

Juliette retint son souffle pendant un moment.

Avant de rencontrer Paul, elle n'était au courant d'aucune autre utilisation de son trou anal que d'habitude.

Elle avait l'habitude de se sentir bouleversée lorsqu'elle voyait le sexe anal dans une vidéo porno avec Paul.

Il criait après Paul et le forçait à passer la scène.

Mais une fois qu'il avait attaché ses bras et ses jambes au lit et lui avait appris le type de sexe dominant, il avait inséré un bouchon en caoutchouc dans son anus, malgré son opposition.

Juliette, qui criait au départ, a accepté ce genre de plaisir en un rien de temps.

Après cela, chaque fois que Paul descendait pour lui lécher le vagin, elle commençait à le supplier d'insérer au moins un doigt derrière elle.

En fait, Paul aimait vraiment faire ça comme ça, mais juste pour ennuyer Juliette, il lui rappelait son rejet et son dégoût ...

Mais aujourd'hui, alors que le doigt de cet inconnu circulait librement dans son entrejambe et son anus, il avait beaucoup d'émotions en tête.

Elle était en colère contre sa propre impuissance.

L'intrus l'ennuyait pour cette avancée flagrante.

Elle détestait Paul pour l'avoir mise dans une telle situation.

Il y avait des larmes dans ses yeux à cause de la douleur quand son doigt pénétra à l'intérieur.

Et en même temps, elle a été excitée quand elle a réalisé que le doigt d'un inconnu bougeait dans son anus dans un endroit étrange.

Après avoir poussé son doigt dans et hors de son trou pendant un moment, il a inséré de force un bouchon en caoutchouc épais dans son trou.

Bien que la vaseline réduise quelque peu l'inconfort, la taille du bouchon était beaucoup plus grande que la taille de son trou.

Mais Juliette ne pouvait rien faire d'autre que protester.

Juliette essayait d'arrêter de pleurer et de prendre une profonde inspiration, à ce moment-là ...

Quand le bouchon a été complètement inséré à l'intérieur, il a frappé son cul endolori et s'est éloigné d'elle.

Le cri étouffé de Juliette suivit le son du "crack" qui résonna dans toute la pièce.

À ce stade, il est devenu très en colère contre Paul.

Il a dû raconter à l'étranger plusieurs choses qui sont très privées entre eux.

Bien sûr!

D'ailleurs, comment cet homme pourrait-il savoir que Juliette, qui est toujours en charge au travail, aime être dominée dans le sexe?

Même si elle pleurait alors que son doigt se déplaçait sur son anus, elle devait savoir qu'elle adorait se faire fourrer.

Et maintenant, sans se soucier de la douleur physique qu'elle traversait, et sans prévoir quelle serait sa réaction, elle était convaincue que Paul avait dû tout lui dire à cause de la force avec laquelle il lui avait donné une fessée.

Paul lui avait également appris le truc pour soulager une douleur extrême.

Dans le monde extérieur, Juliette ne pouvait pas supporter la voix forte de l'homme en face d'elle.

Mais dans ce monde privé, son plus grand fantasme était que quelqu'un puisse la torturer, la forcer physiquement.

Profitant de cette information, il s'est mis en colère et en même temps très excité quand il s'est rendu compte que cet homme jouait avec son corps.

Avec toutes ces pensées en tête, cependant, il continua de lui lancer un fouet.

Ses fesses pâles étaient maintenant rougeâtres comme des cerises et chaudes comme l'enfer.

Après dix ou quinze coups, il jeta le fouet de côté et commença à donner une fessée aux fesses rougeâtres de Juliette.

Après de nombreuses tortures, Juliet a commencé à vouloir le serrer dans ses bras.

Il s'arrêta et se tint devant elle juste au moment où elle voulait que ses mains reviennent là-bas un peu plus longtemps.

Se penchant et relâchant ses mains, il la redressa.

Il prit sa main délicate dans la sienne et la souleva.

Juliette vit une corde solide pendre d'en haut.

Il attacha soigneusement ses deux mains et les enveloppa dans la corde.

Il a glissé et est tombé sur le côté.

La corde était attachée à travers le pont depuis le toit.

Il détacha la corde de sa prise, la prit dans sa main et commença à la tirer fort.

Le corps de Juliette était hissé et hissé avec la corde tirant ses bras.

Juliette le laissait tirer sur son corps sans aucune résistance.

Il a continué à tirer sur la corde jusqu'à ce qu'il la soulève par les deux talons.

Maintenant, Juliette se tenait sur les orteils de ses talons hauts, balançant son corps, mais pas pendante.

Il noua à nouveau le bout de la corde et se tint devant elle.

La poitrine entière de Juliette était maintenant droite alors qu'elle avait les deux bras levés.

En regardant d'en haut, ses propres mamelons avaient également l'air un peu trop inclinés.

Et puis, faisant tournoyer ses doigts sur les cernes autour de ses mamelons, il a soudainement saisi les deux mamelons pointus avec une pincée et les a tirés fort.

Criant volontiers, Juliet trébucha là où elle se tenait.

Ses cuisses étaient également limitées dans ses mouvements car ses jambes étaient attachées en bas et ses mains en haut.

Il a continué à tirer et à relâcher ses mamelons avec le pincement de ses doigts.

Lentement, Juliet recommença à s'exciter.

Elle essuya ses yeux, ramena son cou en arrière et déplaça son corps vers lui.

C'était comme s'il voulait cette pincée douloureuse encore et encore.

De là, il a pris une petite quantité de crème rouge sur ses doigts.

Doucement, il frotta la pommade autour de ses mamelons.

Il plongea à nouveau ses doigts dans le tube et prit un peu de crème.

Maintenant, sa main descendit et commença à toucher son vagin.

Trouvant son vagin à travers ses cheveux fins, il y enduisit également la crème.

Puis il revint et frotta le bouchon en caoutchouc de couleur crème sur son anus.

Julieta était très excitée par le contact de cette crème froide sur ses trois organes « privés ».

Mais après quelques secondes, la crème froide a commencé à la réchauffer.

Et petit à petit, il a commencé à démanger à l'endroit où il appliquait la crème.

Elle avait hâte que quelqu'un lui serre les seins.

Elle a essayé de libérer ses mains pour appuyer sur ses propres seins, pour resserrer ses propres liens rigides.

En ce moment, elle avait besoin de ses doigts rocheux, de ses tétons léchés et de son vagin qui démangeait ...

Et en même temps, il a senti le toucher de cet objet vibrant.

Paul lui avait donné un vibromasseur moyen, mais à ce jour, elle ne l'a jamais utilisé seule.

Paul avait l'habitude de travailler le vibrateur seul avec elle.

Mais maintenant, le vibromasseur, qui avait pénétré son vagin qui démangeait, semblait trop gros.

De plus, ses vibrations étaient beaucoup plus fortes que ce à quoi je m'attendais.

Bien que les deux jambes soient liées, elle étirait ses cuisses pour faire autant de place que possible pour le vibrateur.

Il rampa d'un pouce, anticipant son délicat vagin.

Cependant, Juliet était tellement excitée par la crème et la situation en général qu'elle poussait tout son corps en avant et essayait de faire entrer le vibromasseur à l'intérieur.

Quand il a pris le vibromasseur épais dans son intégralité, il tremblait en profitant de sa vibration.

Les deux jambes attachées.

Je tire les deux mains liées.

Dans un lieu aussi inconnu, Juliette ressentait la joie de vivre suspendue complètement sans défense, nue, excitée devant un inconnu.

Un bouchon serré dans son anus et un vibrateur remplissant son vagin.

Les mamelons sont allumés par cette crème rouge sur le dessus.

Elle voulait sincèrement que l'étranger la mordille, la mord et écrase ses fesses charnues et dodues.

Il avait l'impression que les deux objets dans les deux trous avaient pénétré profondément dans son corps.

Il n'avait jamais cessé de pousser le vibrateur, mais Juliette elle-même essayait de le faire entrer.

Refermant les deux trous, tirant les poignets et les chevilles au point de tension, il étira tout son corps et avec un grand cri atteignit l'apogée du bonheur.

Pour la première fois de sa vie, ce moment dura longtemps.

Les muscles de son anus ont commencé à se resserrer tandis que ses muscles vaginaux ont commencé à s'affaiblir.

Et avant que la première vague d'excitation ne s'apaise, son corps se raidit à nouveau.

Elle a eu un deuxième orgasme consécutif en raison du bouchon en caoutchouc inséré dans son anus.

Elle éprouvait à la fois une douleur et un plaisir extrêmes.

Lentement, son corps a commencé à couler et elle a fermé les yeux.

Son visage reposait sur sa poitrine en position pendante.

Il se pencha en avant et sortit le vibromasseur de son vagin.

Il a fallu un certain temps à son corps pour récupérer.

Puis, rassemblant un peu de force, il leva le cou, ouvrit les yeux et ...

... toutes les lumières de la pièce étaient allumées.

Sous son regard, elle aperçut une quinzaine de chaises, à seulement dix pieds d'elle.

Elle regarda les chaises avec incrédulité et, bien sûr, les personnes qui y étaient assises.

Il y avait des hommes dans la trentaine et la cinquantaine ... et il y avait des femmes.

Ils regardèrent tous Juliette avec joie et admiration.

Paul était assis dans la dernière chaise, la regardant fièrement.

J'étais content de voir Paul.

Mais ensuite, il a rappelé sa propre condition et la récente «exposition».

Embarrassée, elle baissa le cou, mais ne put bouger ses mains pour couvrir son corps nu.

Et qu'allait-il cacher maintenant?

Après avoir regardé tout le spectacle, ils ...

Avec toutes ces pensées qui lui traversaient la tête, elle sentit l'eau froide derrière elle.

L'étranger, qui jouait avec son corps depuis si longtemps, la «glaçait» avec une pipe à eau à la main.

Elle n'avait pas d'autre choix que de le laisser la baigner avec ses bras et ses jambes attachés.

Tournant son corps nu, il la baigna complètement de la tête aux pieds.

D'abord les restes des cils sur ses fesses, puis le frottement de ses bras et jambes du bandage, les seins et les mamelons qui ont gonflé de la crème et sa manipulation, dans ses deux pores délicats dont elle a subi une attaque inattendue des deux. directions, et sur tout son corps jeune et tendre.

J'avais vraiment besoin de cette eau froide!

Quand elle fut complètement trempée, elle ferma le robinet et s'avança pour desserrer sa prise sur ses jambes.

Julieta écarta ses longues jambes et essaya de se tenir droite.

Puis il détacha la corde qui pendait au-dessus et relâcha ses mains.

La laissant seule un instant, il la rejoignit.

Il tira la table du fond et fit asseoir Juliette dessus.

Il n'y avait aucune force dans son corps, il n'y avait aucun désir dans son esprit de s'opposer à aucune de ses actions!

Il la déposa sur la table et lui attacha les mains.

Cette fois, il enroula les sangles autour de ses cuisses sans attacher ses jambes aux chevilles.

Le vagin de Julieta était maintenant plus ouvert qu'avant, avec les sangles attachées à des crochets de chaque côté de la table.

Maintenant, son vagin rose était visible devant elle, et le bouchon en caoutchouc dans son trou arrière était également visible.

Il l'a laissée dans cet état pendant un moment.

Maintenant, la pensée des gens assis dans la pièce et la regardant la faisait se sentir gênée et aussi excitée.

Se souvenant que Paul était également autour d'elle, elle se pencha en arrière sur la table, attendant la prochaine attaque ...

Et puis elle a senti le contact familier du vibromasseur ... d'abord sur ses jambes, puis sur ses cuisses rebondies, puis sur son ventre plat, autour de ses tétons creux, puis en remontant lentement sur ses deux seins, sur ses tétons serrés.

Il ne pouvait pas croire qu'il pouvait à nouveau s'exciter en si peu de temps.

Il sentit l'écoulement de son vagin couler de ses cuisses épuisées vers son propre anus.

Et elle fut bouleversée par la vue de quinze ou vingt étrangers, hommes et femmes qui la regardaient.

Anxieuse, elle se mit à prononcer:

'Ah ah!'

Soudain, le vibreur s'est déclenché.

L'excitation de Juliette n'était plus dans son corps.

Elle a commencé à crier fort, à crier et à appeler l'étranger à venir et à continuer à la caresser avec le vibrateur.

Quelques secondes ont dû s'écouler puis elle sentit un contact très inconnu et inattendu entre ses deux cuisses ...

Surprise, elle y regarda et vit que le jeune inconnu faisait passer sa longue langue sur son vagin.

Elle sourit et le regarda, puis se pencha en arrière sur la table et détendit son corps.

Il ne lui était plus étranger.

Les autres hommes et femmes de la pièce n'existaient pas pour elle.

Il n'avait même pas de pensées pour Paul dans sa tête.

Sentant le contact de la longue et forte langue du jeune homme, il roula des yeux et se coucha.

Lors du prochain orgasme, elle a gardé un grand sourire sur son visage.

Combien de temps elle léchait son vagin, combien de temps elle était allongée sur la table, éveillée ou endormie ... Je n'avais aucun moyen de savoir.

Tout ce qu'elle savait, c'était qu'ils étaient à nouveau seuls dans la pièce, ses membres étaient libres, le bouchon en caoutchouc avait été retiré de son anus et placé à côté de la table, et l'étranger qui lui avait donné le plus grand orgasme de sa vie. , sans rapports sexuels, il se tenait poliment devant elle.

Il se leva lentement et descendit de table.

Il avait ses vêtements dans ses mains.

Maintenant, alors qu'elle s'habillait, il s'appuyait contre elle ... non pas pour la gêner, mais pour boutonner son soutien-gorge serré.

Il l'a également gentiment aidée à finir de s'habiller.

Après s'être habillé, il a ramené Juliette à la hutte du Gardien.

La même Mercedes noire se tenait devant.

Le chauffeur de Mercedes lui ouvrit la porte et s'arrêta dans l'expectative.

Julieta sourit en se rappelant la gentillesse du chauffeur.

Se retournant, il demanda pour la première fois depuis sa rencontre avec `` l'étranger ",

"Comment tu t'appelles?"

Il a souri.

Il lui prit la main et la serra plus près et dit:

"Mon nom n'est pas important."

Puis elle a juste souri et dit "Merci" et a commencé à marcher vers la voiture.

Paul l'attendait sur le siège arrière de la voiture.

Dès son entrée, Juliette serra Paul dans ses bras.

Paul lui tapota affectueusement la tête et fit signe au conducteur de démarrer la voiture.

La Mercedes noire a recommencé à courir dans les rues étroites de la zone industrielle vers la ville animée.

Paul a pris une caméra vidéo qu'il avait mise de côté et a tenu son écran près de Juliette et a dit:

"Tout ce que vous avez fait depuis que vous êtes sorti de la voiture ... ou tout ce qui vous a été fait est dans cette vidéo. Comme vous êtes courageux."

Juliette se détendait dans ses bras.

Le sourire sur son visage et la satisfaction parlaient pour elle sans rien dire de plus.

La laissant se détendre dans la voiture, Paul la tapota à nouveau et regarda la bande de son courage.

Le plan d'aujourd'hui a été un succès.

J'étais heureux et excité d'être bientôt prêt pour une prochaine aventure incroyable ...

FIN

171